W.S. Maugham

毛 姆 文 集

W. Somerset Maugham

兰贝斯的丽莎

Liza of Lambeth

〔英〕毛姆 著　俞亢咏 译

上海译文出版社

目　录

第一章

八月的第一个星期六下午。那天从早晨就热得火辣辣的；碧空无云，太阳逼在屋顶上，顶层的房间热得像火坑。可是此刻随着黄昏的来临，天气凉快了些，维尔街上住的每一个人都跑到了门外来。

兰贝斯区①的维尔街是威斯敏斯特桥大道岔出来的一条短而直的小街，两旁一边有四十幢房子，另一边也是四十幢。这八十幢房子的模样都差不多，比一颗颗豌豆、一个个姑娘更彼此相似。这些房屋是用暗淡的灰色砖砌的三层楼房，还不很陈旧，屋顶是石板盖的。两排房屋的正面截平，没有凸肚窗，甚至没有檐口或窗盘冲破这条小街从头至尾一直线的平整。

这个星期六的下午，街上热闹得很。没有车辆开到维尔街来，人行道之间的水泥马路上全是孩子们在玩。喧嚣的男孩子们分了几摊在打板球。他们脱下外套，堆成了球门，用旧网球或者扎起一束破布作球儿，还往往用旧扫帚柄当球棒。球门那么宽，球棒又那么细，所以击球手弄不好就得退场。但是击球手坚决不肯出去，而投球手坚持一定要进来，于是激烈争吵起来。

女孩子们比较文静。她们主要是跳绳，只有在绳子挥得不好，或者跳的人跳得不够高时，才彼此稍微埋怨两声。

最苦恼的是那些年龄很小的孩子们，因为连着几个星期没有下雨，街上干干的，清洁得像有棚顶的院子，没有泥浆给他们在里面打滚，只好在马路上三三两两呆坐着，像诗人一样忧忧郁郁的。

婴孩可多啦,他们在人行道上、在一家家门口、在他们母亲的裙脚底下到处乱爬。

成年人团聚在一些敞开的大门口,往往是两个女的蹲坐在门前石阶上,两旁各有两三个坐在椅子上。她们总是抱着小宝宝,而且清楚地看得出,她们中间大多数现在的心肝宝贝不久将被新生的所排斥。男人没有女人多,可是在那里的男人们不是靠在墙上抽着烟,就是坐在底层窗口的石槛上。

这时候的维尔街同贝尔格雷维亚②一样,不是在社交季节,的确要不是有那些刚生下和即将生下的婴孩们和附近小客栈里正好发生的杀人事件,他们简直没有谈话的资料。事实上,一小圈一小圈的人都悄悄地交谈着,议论当地的接生婆是残酷还是有她们的用处,相互比较各人每次分娩的情况。

“你不久又要吃点小苦头啦,是不是,波莉?”一个好心的女人问另一个。

“哦,我算算还有两个月哪,”波莉回答。

“不过,”第三个说,“我看你样子,原以为你就快生了。”

“我希望你这回生得顺当些,我亲爱的,”一个健壮而很有威望的老太太说。

“她上回生了那个,原说再也不要生孩子了。”波莉的丈夫插嘴说。

“啊,”那个健壮的老太太对此最在行,常夸耀自己的丰富经

① 兰贝斯区在伦敦东南部。
② 贝尔格雷维亚是伦敦西区的高级住宅区,和梅费尔一样是伦敦的社交中心。

验，她说，“她们都是那么说的；可是，上帝保佑，有哪个照着做的?”

“不过我已经有了三个，我可真不要再生孩子了，杀我头也不生；再生下去不得了——我是那么说。”

“你这话说得对了，好阿姨，”波莉说。“说真的，哈利，你再要我生孩子，我准跟你离婚，我说了算。”

正在这时候，一个摇风琴的卖艺人拐着弯儿朝这条小街上走来了。

“好哇，风琴来了!”六七个人同时叫喊起来。

那摇风琴的是个意大利人，一头蓬松的黑头发，嘴上盖着一小簇浓密的胡子。他把风琴拖到一个合适的地方，站定了下来，把系风琴的皮带从肩胛上卸了下来，顺手把他柔软的大帽子往半边头上一侧，开始摇动起风琴的摇柄来。

他奏的是一支轻快的曲子，不一会一小群人就聚拢来听了，主要是年轻小伙子和姑娘们，因为已经结了婚的女人再也不适宜跳舞，所以无意去挨在风琴周围凑热闹。起初大家犹豫了一会，舞会没有就开始；随后有一个姑娘对另一个说——

“来吧，弗洛莉，你和我不是忸忸怩怩的；我们来开个头，来!”

两个姑娘互相抱住，一个做男的，一个做女的；另外三四对姑娘马上跟上了她们，一起跳起华尔兹来。她们身子挺直，非常庄重严肃，缓慢地滑动着，步子极其准确，文雅得足以适应宫廷舞会。过了一会，男人们脚痒起来，其中两个用最标准的姿势相互搭起跳舞的架子，像法官般地庄严，绕着圈子也跳起华尔兹来。

突然一声叫喊：“丽莎来了!”人群中有几个回过头去，大声嚷道：“嗬——瞧丽莎!”

在跳舞的人也停下来看她的丰姿，摇风琴的摇完了这一曲，也停了下来，瞧是什么叫人这样激动的。

“嗬——丽莎！”他们齐声号叫。“瞧丽莎；嗬——瞧啊！”

来的是一个约莫十八岁的年轻姑娘，黑眼珠，蓬松而鬈曲的刘海遮掩着整个前额，直垂在眉毛处。她穿着一身鲜艳的紫罗兰色的衣裳，飘舞着宽阔的丝绒裙边，头上戴着一顶插满羽毛的黑色大帽子。

“瞧，她打扮得多漂亮！”她走过人家门口的时候，门口的人群中发出了这样的叫喊。

“穿着漂亮极了，我说是盖了帽了。”

丽莎看到自己所引起的震动；她把身子稍稍向前倾，一摇一摆，昂首阔步朝街上走来，扬扬得意，仿佛整个这块天地是属于她的。

“你把这条街买下来了吗，比尔？”一个小伙子喊道；接着六七个小伙子似乎得到了灵感，立即齐声高呼——

“压倒了老肯特大道上的娘儿们①！”

一下子另外六七个小伙子接了上来，他们一起扯着嗓子大叫——

“压倒了老肯特大道上的娘儿们！嗨，嗨，压倒了老肯特大道上的娘儿们！”

“嗬——丽莎！”他们呼唤；整个街道的人们合成一气，发出长长的刺耳的尖叫和呼啸，从小街的这一头传到那一头，又从那一头传回到这一头。

---

① 肯特大道上来往的独多时髦的绅士淑女。

“妙得出奇!”一个爱说笑话的人说。

“嗨,丽莎!嗬——!嗬——!”一片叫喊声和口哨声,然后又是雷声般地响起了——

“压倒了老肯特大道上的娘儿们!”

丽莎摆出征服一切英雄的神气,踱步前来,陶醉在喧闹的呼声之中。她撑起臂肘子,侧着头,在人丛中一路走过去,心想——

“够味儿!”

“压倒了老肯特大道上的娘儿们!”

当她走到风琴周围的人群时,有个姑娘大声问她——

“这是你的新衣裳吗,丽莎?”

“怎么,不像是旧的吧,”丽莎说。

“哪儿来的?”另一个朋友带着妒忌的口气问她。

“街上拾来的,还有哪儿来!”丽莎鄙夷地回答她。

“这套衣裳正是我在威斯敏斯特桥大道的当铺里看到过的,”一个男人有意说这话逗弄她。

“是啊;不过你在那里干什么?是在当你的衬衫,还是裤子?”

“哼,我才不要在当铺里买旧衣裳哩!”

“见你的鬼!”丽莎愤怒地说。“你再跟我啰唆,我给你个嘴巴子。我这衣裳,料子是西区①买来的,叫我的宫廷服装师给我做的,这下你可以少耍贫嘴了,朋友。”

“去你的!”那个人回答。

丽莎一心关注着她的新衣裳和它所引起的议论,所以没注意到

① 西区指伦敦西部的高级住宅区。

那个风琴。

“噢——风琴，嗨，我们来跳一会舞吧，”她一看见风琴，嚷道。“来啊，萨莉，”她随即对一个姑娘说，“你跟我一起跳。风琴摇起来，老头儿！”

那个人换了一支新的曲子，风琴开始奏起《乡村骑士》①中的《间奏曲》。另外的一对对很快就跟着丽莎一块跳起来，她们同先前一样庄严地开始绕着圈子跳华尔兹；然而丽莎卓然不同于众，如果说别人雍容大方如女王，那她是仪表万千如女皇。她跳华尔兹的平稳和端庄令人震惊，在对比之下，你会觉得法国式的小步舞简直是开玩笑；那该是适合于在舞蹈明星的坟墓周围或者职业幽默家的葬礼上跳的舞步。她的优雅的丰姿，眼睛里迷惘的神情，翘起的嘴唇上的轻蔑的表情，手轻轻的一转，脚微微的一侧：多美啊！你不由得承认，她确有十足的权利称霸于维尔街上。

她忽地停了下来，摆脱了她的舞伴。

“啊，”她说，“这曲子慢得要死，我都要呕出来了。”

这并不是她的原话，不过丽莎和这个故事中其他人物所说的原话，要全部准确写出来，也不大可能；因此还得要求读者运用自己的想象力，去补足这些对话中不得已的失真之处。

“曲子太慢，”她又说了一遍；“我都要呕出来了。给我们奏点比这支华尔兹更轻快些的。你站到那边去，萨莉，我们来给她们看看怎么跳长裙舞。②”

---

① 《乡村骑士》是意大利作曲家 Pietro Mascagni(1863—1945)作曲的独幕歌剧，分上下两部分，中间插入一支《间奏曲》，很有名。

② 长裙舞是十九世纪流行的一种穿长裙跳的芭蕾舞。

他们都停止了跳华尔兹。

“讲什么坎特伯雷和伦敦南区的芭蕾舞。你们等着瞧兰贝斯区维尔街的芭蕾舞吧——我们要压倒它们!”

她走到摇风琴的跟前。

“喂,意大利朋友,”她对他说,“快点,给我们来一支有劲些的曲子！懂吗?”

她抓起他的大帽子,压在他的眼睛上。那个人咧着嘴笑起来,把压着眼睛的帽子往一边推开些,开始奏起丽莎要求的那种轻快的曲子。

男人们退了下去,而几个姑娘站好了位置,一对对面对面的。音乐一响,她们就翩翩起舞了。她们双手拎起裙子的两边,让大家能看她们的脚。她们按着拍子表演这种舞蹈的很难跳的步子和很难做的动作。丽莎说得不错;专门训练过的芭蕾舞演员也未必比她们跳得好。而她们中间跳得最出色的是丽莎。她全神贯注,忘却了她认为跳华尔兹时应该保持的端正姿势,摒弃了华尔兹的复杂的优雅步法,完全纵情于此时此刻的欢乐。

渐渐地,其余的一对对站到了一边去,只剩下丽莎和萨莉两个。她们跳得很认真,相互盯着对方的脚步,似乎出于本能似的,每个动作都配合得非常协调,整个舞蹈显得无限地谐和。

“我快透不过气来了,”萨莉气喘吁吁地说。“我吃不消啦。”

“再跳下去,丽莎!”当萨莉停下来时,几个声音高喊着。

她仿佛没听见他们的叫喊,只是悠然继续她的舞蹈。她顺着拍子跳去,飘飘然宛如在往还滑翔,一面挥动着她的裙子,一切都是不可思议地美妙。过了一会,音乐转了,她的舞蹈风格随之变换,脚步加速，时而飘离地面。

她为周围观看的人的赞赏而感奋，越跳越奔放、越大胆。她把裙子提得更高，即兴地插入新的更难的动作，踢起腿，向前向后地摆动，做出了舞蹈家据以自豪的奇妙花样。

"瞧她的大腿！"男人中间有一个叫道。

"瞧她的长统袜！"另一个叫道；的确，这双袜子很漂亮，因为丽莎是拣了和衣裳一样鲜艳的颜色，自己也为它们颜色配得恰当而非常得意。

她的舞越跳越欢，双脚常腾空，还疯狂地旋转。

"当心别绷开了！"那些爱开玩笑的人中的一个看见她特别大胆地踢起一条腿时，哇地叫道。

这话刚出口，丽莎猛力举起脚来，一脚踢掉了他的帽子，这一绝招博得了一片彩声。

她继续跳舞，又是旋转，又是扭动，裙子摆弄出各种花样，腿越踢越高，终于在一阵叫嚷声中，双手往地上一撑，来了个出色的侧翻筋斗，再匆促站起，闯进在圈子前排站着的一个小伙子的怀里。

"那才是，丽莎，"他说。"给我亲个嘴，这回，"说着迅快地想去吻她。

"滚开！"丽莎说着，不太客气地将他一把推开了。

"对，给我亲个嘴，"另一个奔上前去，大声说。

"我给你吃耳光！"她灵巧地闪避过他。

"抓住她，比尔，"第三个喊道，"我们大家来亲她个嘴。"

"不，你们休想！"丽莎尖声叫道，一边拔脚就逃。

"大家来，"他们叫着，"抓住她。"

她从他们大腿底下、胳膊底下，竭力闪避，终于摆脱了这批家伙，提起裙子，不让绊脚，拼命沿着小街逃去。有十来个人追赶着，吹着口哨，叫着，喊着。一家家门口的人看得好看，一路上大声呼唤她。她奔得像阵风那么快。

忽然路旁有个人冲到街道中央，扑面挡住了她的去路。她自己也不知道是怎么回事，尖叫着扑倒在他的怀里。而他，捧起她的脸，就在她两面面颊上出声地吻了两下。

“啊，你这——！”她说。她这话实在不宜刊印出来，也没法换上个比较雅致的词儿。

旁观的人和那些在追赶她的人哗然大笑，丽莎抬头看时，只见一个她从没看见过的长大胡子的高大汉子。她面孔红到头发根，迅速从他怀抱里挣脱出来，在众人的嘲笑声中，溜进了就近一所房子里，躲藏了起来。

第二章

丽莎和她母亲在吃晚饭。肯普太太是个过了中年的妇人，矮矮的个子，却很结实，脸色红彤彤的。灰白的头发往后梳着，紧贴在额头上。她已经做了好几年的寡妇，自从丈夫死了之后，一直和丽莎住在她们此刻住着的那间沿街的底层屋子里。她的丈夫原是当兵的，幸喜国家给她的抚恤金还够她勉强活命，另外靠打打杂，找些零星活干干，挣几个外快钱，给自己买酒喝。丽莎在厂里做工，能够自己养活自己。

这天晚上肯普太太绷着脸，很不高兴的样子。

“你今天下午在干些什么?”她问。

“我在街上。”

“我要找你，你总是在街上。”

“我不知道你要找我，妈妈，”丽莎回答。

“嗳，你也好来看看的呀！我或许死了呢，谁说得定。”

丽莎不吭声。

“今天我风湿发得可厉害，简直没有办法。医生说我可以用你给我弄来的那种药水擦擦，可你一点不管我。”

“可是妈妈，”丽莎说，“你的风湿昨天一点没发，好好的嘛。”

“我知道你干什么去了；你要穿着你那套新衣裳去出风头。钱不交给我放起来，而就是这么乱花。讲到衣服，我才远远比你需要买件新的哪。可是，当然，我是无关紧要的。”

丽莎没有接她的嘴。肯普太太再没有什么话说，就闷声不响，继续吃她的晚饭。

接下来开始说话的倒是丽莎。

“这条街上搬来了一家新的人家。你看到过他们吗?”她问。

“没有;搬来了什么样的人?”

“我不知道;我看见一个家伙，一个长胡子的高大汉子。我想他大概是住在另一头的。”

她觉得自己脸上微微热烘烘的一阵。

“不会是什么好人，你相信我说的，”肯普太太说。“我看不惯这些新来的人;这条街跟我当年刚搬来的时候不一样了。”

她们吃完饭，肯普太太站起身来，喝了她的半品脱的啤酒，然后对女儿说——

“把桌子上的东西收拾好，丽莎。我就在附近去看看克莱顿太太;她刚生了对双胞胎，这两个出世之前，她已经有九个了。我说呀，上帝怎么不收回几个去，真是可怜见。”

肯普太太说完了这句好心话，就走出门去，拐进了隔开几个门口的另一所房子里去。

丽莎并没有照她母亲的吩咐把杯盘收拾好，而且还打开窗户，把她的椅子移到了窗口。她倚着窗槛，往外望着街上。

太阳已经落山，此刻是黄昏时分。天色渐渐暗了下来，天空中显现出闪烁的星星;虽然没有风，却也凉快而宁静。

那些善良的人们依然坐在门口的石阶上，像刚才一样还是谈论着那些谈不完的老话题，只是随着夜晚的来临，声音稍微压低了一些。男孩子们还是在打板球，但是他们大多数是在小街的另一头，所以他们的叫嚷传到丽莎耳朵里的时候，都不很响亮了。

她坐着，双手撑着头，呼吸着新鲜空气，感到一种她似乎没有感到过的微妙的安谧。这是个星期六的夜晚，她想到明天早晨不用去工厂，心里高兴，她有得休息了。她多少觉得有些疲倦，也许是由于那天下午的喧扰，她玩味着夜晚的安宁。夜是那么清净，那么平静；这沉寂使她充满了异样的喜悦，仿佛觉得最好能整夜地坐在那里，闲望窗外凉爽、暗黑的街道，远眺天上的星星。她非常快活，同时却又感到一种说不出的新的忧郁的激情，几乎要哭出来。

突然一个黑色的人影走到她开着的窗口。她惊叫了一声。

“谁？”她问，因为天色很暗，她认不出那站在面前的人。

“我，丽莎，”那个人回答说。

“汤姆？”

“是的！”

那是个淡黄头发的年轻人，嘴上淡淡的髭须使他看来几乎像个孩子；白白的脸，蓝蓝的眼睛，天真可爱的神情中交织着一种莫名其妙的羞怯，碰到有人对他说话就脸红。

“什么事？”丽莎说。

“出来散一会步好吗，丽莎？”

“不！”她断然拒绝。

“你昨天答应我的，丽莎。”

“昨天是昨天，今天是今天，”是她聪明的回答。

“出来散一会步吧，丽莎，”

“不，我对你说了，我不高兴。”

“我有话要对你说，丽莎。”她的手原来搁在窗槛上，他把手按上去。她迅速把自己的手缩了回去。

“嗯，我不要你对我说话。”

事实上她要对他说话；打破沉默的正是她。

“嗳，汤姆，新搬到这条街上来的是些什么人？有一个棕色胡子的大个子。”

“你是说今天下午吻你的那个家伙吗？”

丽莎又一阵脸红。

“怎么，他为什么吻我不得？”她说，有点文不对题地。

“我没说吻得吻不得；我只是问你，是不是就是那个人。”

“是呀，我是说那个人。”

“他姓布莱克斯顿——叫吉姆·布莱克斯顿。我只跟他说过一次话。他住在十九号的顶层两间里。”

“他要两间房间作什么？”

“他？他有一群孩子——五个。你没在街上看见过他老婆吗？她是个又高又大的胖子，头发梳得怪里怪气的。”

“我还不知道他有老婆。”

又沉默了一会；丽莎坐着想，汤姆站在窗外望着她。

“你可以出来跟我走走吗，丽莎？”

“不，汤姆，”她说，比刚才客气些，“太晚了。”

“丽莎，”他说，面孔红到颈根。

“怎么？”

“丽莎”——他说到这里，羞怯得结结巴巴的——“丽莎，我——我——我爱你，丽莎。”

“去你的！”

这回他勇敢起来,一把握住了她的手。

"我现在在厂里每星期好拿二十三先令,我还有母亲死的时候留给我的一些家具。"

姑娘默不作声。

"丽莎,你能要我吗?我会给你做个好丈夫,丽莎,我发誓一定做到;你也知道,我不是那种酗酒的。丽莎,你肯嫁给我吗?"

"不,汤姆,"她小声回答他。

"啊,丽莎,你不要我吗?"

"不要,汤姆,我不可能要你。"

"为什么不要我?从降灵节①以来,你一直跟我一起出去散步的。"

"啊,现在情形不同了。"

"你要跟别人一起去散步吧,丽莎?"他紧接着问。

"不,不是这个意思。"

"那么,你为什么不要我呢,丽莎?噢,丽莎,我实在爱你;我从没有像爱你这样爱过任何人!"

"嗳,我不能,汤姆!"

"可不是有了别人了?"

"不,没有。"

"那你为什么不要我呢?"

"很对不起,汤姆,我跟你好,可不是要嫁给你。"

"啊,丽莎!"

---

① 降灵节是基督教复活节后的第七个星期日,时在五六月间。

她看不清他脸上的表情，但是听得出他声音里含有无限的创痛。她被一时的哀怜所冲动，仰出身子去，双臂挽住他的脖子，在他两面面颊上亲了两个吻。

“别难过，好朋友！”她说。“我不值得你烦心。”

于是她急速缩回身子，把窗户砰地关上，转身向屋子里边走去。

第三章

第二天是星期日。丽莎早晨起来穿衣服的时候,想到一样东西不可能"吃下肚里,还在手里",深深懊悔自己不该把新衣裳穿了出去,从此再没有第一次穿着它去出风头的可能了。

她叹息一声,穿上家常的工作衣服,着手准备早餐,因为她母亲昨夜去给街上新搬来的人家贺喜,回来睡晚了,今天早晨她的"风湿"又发了。

"啃,我的头呀!"她双手按住两边的额角,正在叫苦。"我又神经痛发作了;怎么办呀?不知怎么搞的,总是在星期天早上发病。哦,还有我的风湿,一夜里简直要我命!"

"你还是去医院看一看吧,妈妈。"

"我才不去呢!"这位可敬的太太斩钉截铁地说,"你有一群小伙子跟你混在一起,看着你,叫你不要喝啤酒,不要喝白酒。而我呢,我说呀,我说我没有我这杯啤酒就活不下去。"她猛力拍打枕头,加强她的语气。

"我有那么些事情要做,既要照顾你,烧饭弄菜,把样样都弄舒齐,做不完的家务,还要出去打杂——所以我说呀,要不是靠一点啤酒支撑着,我早埋在地里了。"

她啃着黄油面包,喝她的茶。

"丽莎,"她说,"你吃好了早饭,把门窗的格栅揩揩干净,再把我的皮鞋稍微擦一下。隔壁泰克太太会给你些鞋油的。"

她沉默了一会儿，接着又说——

“我看今天我起不来了，丽莎。我风湿发作。你把房间收拾收拾，把饭烧好了。”

“好，妈妈；你就什么都不要动，都由我来。”

“好吧，这也是你应该做的，你要想想你小时候添了我多少麻烦，想想我生你的时候，医生总以为我绝对没命了。丽莎，你这个星期的工钱怎么样了？”

“哦，我放起来了，”丽莎轻声回答。

“放在哪儿！”她母亲问。

“放在安全的地方！”

丽莎被追逼得走投无路。

“你要知道它干吗？”她问。

“为什么我不该知道；难道你以为我要偷你的吗？”

“不，不是那个。”

“那么，你干吗不告诉我？”

“哦，东西放在哪里，只有一个人知道，比较安全。”

她这句话说得很谨慎，不料引起肯普太太大发雷霆：她竖起身子，坐在床上向她女儿挥舞着拳头。

“我懂你的意思——你这——你！”她的语言很有力，形容词也用得绘声绘色，只是太生动有力，未便转述。“你以为我会偷你的，”她继续说。“我知道你！你以为我会拿你的肮脏钱吗？”

“不过，妈，”丽莎说，“以前我告诉了你，钱就好像走气了。”

“你这是什么意思？”

“钱少了。”

“呀，这我可没有办法，我能怎么样？任何人都可能跑进这屋里来拿了去的。”

“要是藏得好好的，他们就拿不到了，是不是，妈妈？”丽莎说。

肯普太太挥着拳头说——

“你这下贱的臭货，你，你以为我会拿你的钱！我为了养活你，把骨头都磨断了，你应该把每个星期的工钱交给我，不应该存起来，尽去买乱七八糟的东西。”

“你要知道，妈妈，假如我不存一点起来，到你倒霉的时候，我们就尴尬了。”

肯普太太的钱总是到星期二就用完了，于是到星期六为止这个家就得由丽莎维持。

“哦，别跟我说！”肯普太太继续说。“我是年轻姑娘的时候，我把钱都交给我妈。她从来没有向我要过。每逢星期六我拿了工钱，一分一厘都给她。做女儿的应该这样嘛。我可以自己说一句，我对我母亲尽了做女儿的本分。别用浪子回头这一套来教训我！我的妈从来不必开口向我要三个铜板去买口啤酒喝的。”

丽莎是她这一辈里一个聪明的姑娘；她一声不响，戴上了帽子。

“哼，你准备出去，把我丢下；我不知道你跟这些男人在街上搞些什么名堂。没有好处，我可以肯定。你把我一个人丢在这里，孤单单的，我死，你也不管。”

老太太伤心得哭泣起来，而丽莎一溜烟从屋子里到了街上。

对面房子的墙脚跟前，汤姆靠在那儿；他向她走来。

“嗨！”她看见了他，招呼他。“你在这儿作啥？”

“我在等你出来，丽莎，”他回答。

她向他瞥了一眼。

“你要是那个意思,那我说我今天不跟你出去,”她说。

“我没再想要求你跟我出去,丽莎——既然你昨天夜里对我说了那些话。”

他的声音有些发颤,她很为他难过。

“不过,你总有什么话要对我说,是不是,汤姆?”她说,口气比刚才温和。

“你不是明天有一天休假吗?”

“公假日①。是啊! 怎么样?”

“嗯,因为他们有辆四轮大马车,从红狮酒店出发,明天到庆福②去一天——我准备去。”

“是吗!”她说。

他用疑惑的眼光凝视着她。

“你也去吗,丽莎? 是个普通的郊游聚餐会,去的都是这里街上的人。怎么样,丽莎?”

“不,我不能去。”

“为什么不能去?”

“我没有——我没有钱。”

“我是想问,你跟我去,好吗?”

“不,汤姆,谢谢你;这我也不行。”

---

① 原文直译为“银行休假日”,是英国国家规定的公假日,一年有若干天,其中一天是八月的第一个星期一。本小说从八月的第一个星期六开始,这里指故事发生的第三天。

② 庆福(Chingford),伦敦北面著名游览胜地埃宾森林(Epping Forest)旁边的一个小城市。

“你完全可以去嘛，丽莎，对你不会有什么不好。”

“不，这不大好，我不能跟你去了却又对你没有意思！这变成我骗你白白请我出去玩一次啦。”

“我不懂为什么，”他垂头丧气地说。

“昨天夜里我跟你说了那些之后，我不能再跟你在一起。”

“没有你一起去，我还有什么味儿，丽莎。”

“你可以另外找个别人，汤姆。你完全可以不一定要我。”

她对他点了点头，朝街上她的女伴萨莉家走去了。到了门前，她把双手做了个喇叭形状，大声叫道——

“嗨！嗨！嗨！萨莉！”

两个站在旁边的男人学着她叫。

“嗨！嗨！嗨！萨莉！”

“去！”丽莎说，回头看看他们。

萨莉没应，她继续叫喊，这两个男人模仿她，另外五六个跟了上来，于是声音响得足以唤醒沉睡的七隐士①。

“嗨！嗨！嗨！萨莉！”

一个头从上面顶层的窗口探出来，丽莎脱下帽子，挥着向她招呼，大声叫喊——

“下来，萨莉！”

“好，老朋友！”对方也叫。“我就来了！”

“圣诞节也就来了，”丽莎给她个机智的回复。

---

① 指传说，古时埃塞克斯郡有七个贵族，因信仰基督教而受迫害，隐避岩穴中，沉睡两百年，醒来罗马已经基督教化。

楼梯上一阵啪嗒啪嗒的声音，萨莉直奔下来，投入丽莎的怀抱。她们回想起最近一起看的一出传奇剧，学着开起玩笑来。

“哦，我的心肝宝贝！”丽莎一边说，一边亲吻她，装出欣喜若狂的样子，把她紧紧抱住。

“我最亲爱的亲爱的！”萨莉也装腔作势，这样对答。

“小姐今天好？”

“噢！”——嗲声嗲气，有气无力地——“好极；公主您好？”

“非常遗憾，”丽莎回答，“可是我这个公主肚子里尽在咕噜噜叫。”

萨莉是个瘦小的姑娘，灰黄的头发，蓝色的眼睛，满脸雀斑。她的嘴特别大，稀开的阔板牙齿，仿佛铁棒也能嚼，样子很难看。她穿得跟丽莎差不多，一条稍短的黑裙子，一件已经旧得说不出是绿、是灰，还是黄的老式紧身上衣，袖子卷到了臂肘弯，外面罩着一条原来是白的、现在脏得一塌糊涂的围裙。

“你的头发卷着这些东西干吗？”丽莎指着萨莉头上的卷发纸，问道。“今天你要跟男朋友出去吗？”

“不，我今天整天不出去。”

“那你为什么卷头发？”

“是这样，明天哈利要带我到庆福去。”

“噢？乘红狮酒店的四轮大马车去吗？”

“是啊。你去吗？”

“不去！”

“不去！咦，你为什么不叫汤姆带你去？他会带你去，他也正高兴哩。”

“他叫我跟他去,可我不去。”

“天晓得——为什么不跟他去呢?”

“我不跟他做朋友了。”

“可你还是可以跟他一起去嘛。”

“不。你跟哈利一起去吗?”

“对!”

“你准备要他吗?”

“又说对了!”

“可我不能跟汤姆一起去了之后又把他丢了。”

“啊呀!你真是个傻瓜!”

两个姑娘朝着威斯敏斯特桥大道踱过去,萨莉碰到了她的男朋友,向他走去了。

丽莎回头走,要赶回家做饭。但是她走不快,因为她认识小街上的每一个居民,一路上碰到像昨天黄昏时候一样坐在门口的那一堆堆人,——这会儿大多数在削土豆或者剥豆壳——她总站停下来,跟她们攀谈几句。人人都喜欢她,喜欢跟她在一起。

“好姑娘丽莎,”她们在她走过去后说,“她真是个难得的好姑娘呀!”

她询问所有老年人的病痛,亲切关怀刚出生的和还没出生的婴儿们的情况;孩子们绕在她裙脚跟前,要她跟他们一起玩;破破烂烂的小女孩儿们跳绳,跳不上两三下就绊住了,她常握着绳子的一端,帮她们挥绳。

她快到家门口的时候,听见有人在招呼——

“早上好!”

她回头一看，原来就是汤姆告诉她名字的吉姆·布莱克斯顿。他坐在一所房子门口的一张凳子上，有两个很小的孩子骑在他膝盖上玩。

她从昨天起脑海里一直浮现着他那浓密的棕色胡子和一个高大的形象。今天早晨她看清了，他确实是个大个子，又高又阔，此外她还看到，他有粗犷的男性的面貌，棕色的眼睛神采奕奕。她猜他大概四十岁左右。

"早上好！"她停下来瞧着他的时候，他重复招呼了一声。

丽莎脸涨得通红，慌张得回不出话。

"怎么，你不用害怕得好像我会吃掉你，你放心，我不会的，"他说。

"你算什么？我不怕你。"

"那你为什么脸涨得那么红呢？"他一针见血地问。

"嗯，我热嘛。"

"昨天夜里我吻了你，你不恼火吗？"

"我不恼火；不过我和你素不相识，你真是岂有此理。"

"咦，是你冲进我怀里来的。"

"我没有，是你冲出来把我抓住的。"

"而且我趁你惊慌失措，吻了你。"他想到这情景，哈哈大笑。

"好吧，丽莎，"他接着说，"既然我勉强了你，吻了你，那么你最好的补救办法就是不勉强自己地吻还我。"

"我吻你？"丽莎说，张开着嘴盯着他。"哼，你这个坏蛋！"

两个孩子又吵着要在膝盖上骑马，刚才因为丽莎来了，才停下来的。

“他们是你的孩子吗?”她问。

“是的,他们是其中两个。”

“你一共有几个?”

“五个;最大的是女的,十五岁,下面一个是男的,十二岁,再下面就是这两个和一个刚生下的娃娃。”

“哦,这么些孩子开支够大的了。”

“已经多得我受不了——可是还要生出来呢。”

“唷,这是你的不是,对吗?”丽莎说着笑了起来。

然后她对他道了早安,漫步走去了。

他瞧着她慢慢走去,看她被五六个小孩子围着,要她和他们一起打板球。他们抓住她的手臂和裙子,把她拖到他们球门口。

“不,我不能玩,”她说,一边拼命挣脱。“我要去烧饭。”

“去烧饭?”一个很小的孩子嚷道。“哦,饭馆里总是烧猫肉的。”

“你这个小东西!”丽莎说,不太文雅地向他冲上去。

他避得快,对着她呐喊挑战;一个转身,他把她两条腿抱住了,另一个孩子上去攀住她的脖子,他们把她拖倒在地上,三个人在地上扭成一团,滚来滚去;其余几个孩子又扑到他们上面,于是只见一大堆的腿、臂膀、头在乱挥乱动,有如波涛起伏,浪花飞溅。

丽莎好容易挣脱了出来,脱下帽子,挥击他们,嘴里尽说着最生动的骂人的语言。终于她击退了他们,胜利归家,开始做饭。

第四章

那天公假日天气晴朗,万里无云,恐怕中午将热得要命,但是清早丽莎起床,打开窗子的时候,非常凉爽。她穿好衣服,不知她这一天将怎么过。她想萨莉将跟她情人一起去庆福,而她自己将孤零零留在这条一半人都跑掉了的死气沉沉的小街上。她几乎宁愿今天照常是工作日,而没有什么公假日不公假日。现在有点像是连着过两个星期天,可这第二天不像第一天好过。

她的母亲还睡着,她不用赶忙准备早饭,只是默默地望着窗外对面的房屋。

一会儿她看见萨莉到街上来了。她穿着紫颜色的麻纱衬衫,一件棉绒镶边的漂亮红色上衣,头上戴着一顶插满羽毛的阔边大帽子。她从星期六以来一直把头发卷在卷发纸里,大有好处,鬈曲的灰黄色前刘海遮着整个脑门子。她兴致勃勃。

"嗨! 丽莎!"她一看见她在窗口上就叫喊。

丽莎妒羡地瞧着她。

"嗳!"她轻声地应她。

"我正要到红狮酒店去碰头哈利。"

"你们什么时候出发?"

"马车整八点半上路。"

"现在还只八点呢;教堂刚敲钟。哈利还不会到那里吧?"

"哦,他肯定早到。我等不及,我从六点半就在这附近等着啦。

我今天早晨五点钟就起来了。”

“五点钟就起来！你一直在做些什么?”

“打扮打扮,做做头发。我老早就醒了,我整夜尽是做着去玩儿的梦,我简直没法睡。”

“嗯,你真奇怪。”

“有什么奇怪的,我又不是每天有得出去痛痛快快地玩儿的！噢,我真希望今天快活一场。”

“嗳,你简直头脑发昏了,”丽莎有些不乐意地说。

“你不想去吗,丽莎?”萨莉问。

“不去！我要去可以去,可是我不要去。”

“你是个怪人——我只能这样说。我有机会去,才决不放过呢。”

“现在没办法了。机会已经失掉了。”丽莎说这话的时候,口气里略有遗憾的意思。

“到红狮酒店去,丽莎,送送我们,”萨莉说。

“不,我才不去呢!”丽莎有些激动地说。

“去吧。也许哈利还没来,你可以陪我一会儿,等到他来嘛。你还可以看看那些马。”

丽莎实在很想去看看那辆四轮大马车和那些马,还有那些出游的人,然而她又迟疑了一会儿。萨莉重又叫她。于是她说——

“好吧,我跟你去,等着看那缺德的车子开掉。”

她帽子也不高兴戴,就这样往外走,陪着萨莉到安排这次旅游的小酒店去。

虽然还要等待将近半个小时,但是那辆四轮大马车已经停好在酒店大门口；车身又大又长，一排排座位是横排的，每排可以坐四个人。车子是由两匹高头大马拉的，马车夫正在检查马具可都套好。

萨莉并不是第一个到场的人，原来已经有六七个人坐好位子了，而哈利却还没有到。

两个姑娘站在酒店门口，看他们在做着各种准备。一只只装满了食物的大篮子正在搬出来装上车子，一箱箱啤酒掮得高高的，尽往能塞的空当里塞——座位底下，马车夫的大腿底下，甚至车肚底下。

人越来越多，哈利还没到，萨莉焦急起来。

“他早该来了！”她说。“他迟到了。”

于是她向威斯敏斯特桥大道两头张望，看能不能望见他。

“他不来了吗！他叫我等了这么长时间，他来了，我可要好好教训他。”

“怎么，还有一刻钟哩，”丽莎说，认为根本不用焦急。

终于萨莉看到她的情人了，她冲着迎上前去。丽莎被丢下一个人，在这喧闹和纷乱中倍感愁闷。她并不是懊悔拒绝了汤姆的邀请，而是想假如她能够心安理得地接受他的邀请该多好啊！

萨莉和她的男朋友走到她跟前。他穿着他最漂亮的节日服装，他和他的心上人真是天生一对——他穿着装领衬衫，好不寻常——他在胳肢窝里抱着一只手风琴，准备在一路上热闹热闹的。

“你不去吗，丽莎？”他看见她头上没戴帽子，身上穿着围裙，诧异地问她。

“她不去，”萨莉说，“哪有这样的傻子？汤姆说带她去，她不要。”

"是呀！我就是不去!"

接着他们爬上马车的踏板,坐好位子。原来已经又有好多人来了,一辆四轮大马车几乎挤满了。这些人丽莎全认识,可是他们都忙于找位子,没空跟她说话。

最后,汤姆来了。他看见丽莎站在那里,走到她跟前。

"丽莎,你不改变主意,同我们一起去吗?"

"不,汤姆,我对你说了,我不去——那样不大好。"她觉得她应该常对自己重复这句话。

"你不一起去,我一点没味儿,"他说。

"可是我没有办法!"她回答,多少有点抑郁地。

正在这时候,小酒店里走出一个人来,手拿喇叭。她的心怦地一跳,因为她最喜欢的就是乘着马车在嘟嘟的喇叭声中行进。

她看到这些人都将那么快活地出去玩儿,而她得待在家里,心里实在非常难过。他们都是那么兴高采烈的,她可以想象这次马车旅行和野餐的欢乐景象。她真要哭出来。

但是她一定不能去,她不好去:喇叭吹起预备号的时候,她重又把这话对自己重复了两遍。

又有两个人在急匆匆地赶来。到他们走近来的时候,丽莎看到他们是吉姆·布莱克斯顿和一个女人,她猜想大概是他的老婆。

"你也去吗,丽莎?"吉姆问她。

"不,"她回答。"我不知道你也去。"

"我希望你一起去,"他说;"我们还有比赛游戏呢!"

她只能强自抑制在喉咙口的呜咽;她是多么热切地但愿能去呵。

她非得留下，这确实似乎太使她伤心，而这就只因为她不准备嫁给汤姆。她想想毕竟这没有理由阻止她去；没有必要因此而拒绝他的邀请。她开始觉得自己做了蠢事：她坚决不跟汤姆一起去，这对任何人没有任何好处；她硬是摒弃她应有的欢乐，这又没有人会认为是什么特别的美德。萨莉只认为她是傻瓜而已。

汤姆站在旁边，缄默着，一副失望和很沮丧的样子。吉姆低声对她说——

"你不去，我真遗憾！"

这话对她反应太大了。她本来就是那么想要去，这回她实在无法抵制这诱惑了。只要汤姆再请她一次，只要她能合于情理而体面地改变一下主意，她就接受了；可是他站着一声不响。她只好自己开口。这确实有失尊严。

"你知道，汤姆，"她说，"我不愿意煞你节日的风景。"

"唉，我不想一个人去，去了也没趣。"

假如这会儿他再请一请她呢！她会怎么样？

她抬头看看小酒店前面的钟，八点半还差五分。要是车子开了，而他还不请她，那该多糟糕！她的心在胸口猛烈地跳跃，她紧张得尽扭弄她的围裙角。

"那么，我该怎么办呢，亲爱的汤姆？"

"那么，当然跟我一起去啰。哦，丽莎，说声'好'吧。"

她终于得到了再次的邀请，这一下只需要稍微表示一点好像犹豫的样子，事情就解决了。

"我愿意去，汤姆，"她说，"不过，你看这会有什么不好吗？"

"当然不会有什么不好。一起去吧，丽莎！"他心情激动，一把握住了她的手。

“好，”她说，沉下了头，“要是那会煞了你节日的风景——”

“你不去的话，我也不去——杀我头也不去！”他回答说。

“不过，如果我去，并不表示我跟你做伴。”

“不，这不会表示任何你所不喜欢的什么。”

“好！”她说。

“那你去了吧？”他不大相信她的应允。

“去！”她满面笑容地回答。

“你真是个好姑娘，丽莎！喂，哈利，丽莎也去了！”他喊道。

“丽莎？好——！”哈利叫起来。

“是真的吗，丽莎？”萨莉大声问。

丽莎感到非常欢欣愉快，也叫了起来——

“是啊！”

“好哇！”萨莉嚷着应答。

“那才对了，丽莎，”吉姆说；他瞧着她，笑吟吟地。

“这儿正好你们两个坐，”哈利指着他旁边的空当。

“好！”汤姆说。

“我还得去拿顶帽子，再告诉声妈妈，”丽莎说。

“只有三分钟啦。快啊！”汤姆回答，一面在丽莎拼命奔去的时候，他大声对马车夫说，“老朋友，还有一个乘客，一会儿就来。”

“好，小伙子，”马车夫说；“不用急！”

丽莎冲进屋子，对她还睡着的母亲说——

“妈妈！妈妈！我到庆福去！”

她随即把身上的旧衣服脱掉，倏地穿上她那件漂亮的紫罗兰颜色的新衣裳;她踢掉破烂的旧鞋子,穿上了她的新皮鞋。她把头发往下撂了撂,把前刘海匆匆拨弄一下——幸亏前天星期六卷好的还成样子——戴上她那插满羽毛的黑帽子,直往街上奔,跌跌撞撞爬上马车的踏板,喘着气倒在汤姆身上。

马车夫挥响皮鞭子,喇叭手嘟嘟地吹起喇叭,在车上的一片叫嚷和欢呼声中,这辆四轮大马车喀啦喀啦地顺着大道驶去了。

第五章

丽莎坐定下来，就开始细看车上的每一个人，首先打量着吉姆·布莱克斯顿带着的那个女人。

“这是我老婆！”吉姆用大拇指指着她说。

“你不大到街上来吧？”丽莎兜搭上去。

“不大上街，”布莱克斯顿太太回答，“我最小的孩子在发麻疹，我丢了工作在照看他。”

“噢，他现在好了吗？”

“好些了；今天吉姆要我到庆福去，他对我说：‘你也去吧，这对你有好处。’他又说：‘你可以让波莉在家里——波莉是我家的老大——可以让她在家照看孩子们，’他这样说。所以我说：‘好吧，我就去。’”

丽莎一直盯着她看。她先看她的衣着：她穿着一件黑色的外套，头上戴着一顶古怪的、老式的、黑色的无边帽子；然后端详着这个女人本身，她看她是中等身材，很强壮，年纪在三四十岁之间。她长着一张又大又胖的脸，一张大嘴巴，头发做得很奇怪，中间分开，编成一条条小辫子，平贴在两边头上。你一看就知道她力大如牛，尽管明显地看得出她劳碌和生育繁多的痕迹。

其他的乘客丽莎都认识，现在大家坐定下来，动身时候的忙乱过去了，空下来彼此就招呼起来。他们有丽莎在一起，都很高兴，因为她到哪里，那里就有生气。第一个她注意到的是个卖水果的小贩,他穿着传统的服装——一套灰色西装,裤子包得紧紧的,周身上下钉满了亮晶晶的钮子。

“多有劲,比尔!”丽莎大声对他说。

“多有劲,丽莎!”他回答。

“你打扮得这么漂亮,要把他们全压倒啦。”

“喂,喂,丽莎·肯普,”他的女伴假装冒火的样子对她说,“你不要跟我的宝贝拉拉扯扯。你搭上了他,我可要给你颜色看。”

“好,克莱莉·夏普,我不要他,”丽莎回答她。“我自己也有,这事儿可够麻烦的,汤姆,对不对?”

汤姆听了很乐意,可是找不到一句机智的对话,只是用臂肘子对丽莎猛力撞了一下。

“嘀——,你啊,”丽莎说,用手按在一边的腰上。“当心我的肋骨都要被你撞断啦。”

“那不是你的肋骨,”一个老实朋友说——“你是怕碰坏了你撑紧身衣的鲸骨。”

“去你的!”

“你紧身衣上装鲸骨吗?”汤姆问,一边假装天真,伸手到她腰上去摸。

“喂,喂,”她说,“不要动手动脚!”

“嗯,我只是想知道你那里面有没有鲸骨。”

“去你的!别跟我耍花招。”

他还是不把手收回来。

“喂,喂,”她重复说,“把手拿下。你要是碰了我那个,你就非娶我不可。”

“我正是要娶你嘛，丽莎！”

“闭嘴！”她凶狠地回答，同时把他的手从她腰上拉开去。

前面双马齐奔，后面吹喇叭的吹得起劲。

“别吹炸了，老爷！”其中一个乘客听他吹出了一声特别刺耳的怪声来，对他说。

他们向前驶去，过了半个小时，街路上渐渐热闹起来，来往车辆也多了。终于他们赶上了去庆福的大路，追上了一大批在向着同一方向行进的车辆——驴车、小马车、运输马车、单匹马拉的车、四轮大马车、游览马车，各种各样的车辆应有尽有，都坐满了人，一只瘦骨嶙峋的驴子拖着四个肥硕的上等市民的也有，两匹壮马轻松地拖着四十个人的也有。

他们一面行进，一面嘻嘻哈哈谈笑欢呼，红狮酒店的那辆四轮大马车喧闹得最引人注意。

早晨渐渐过去，太阳越来越猛烈，只觉路上尘土飞扬，热气蒸腾，越来越厉害。

“我热死了！”这是普通的呼声，每个人都喘着气，流起汗来。

女的乘客们脱去外套和披肩，男的学她们样，也脱下外套，单穿着衬衫坐着。接着，拿每个人心里最好脱掉什么作话题，大开玩笑，越说越不像话。这说明正派、老实的英国人对法国闹剧中的那种暗示性的语言也不是想象的那么陌生的。

终于望见了那家中途客栈，两匹马可以停憩一会，用海绵擦洗一下。他们在过去的一英里路程中一直谈着这家中途客栈，最后他们看到它出现在一个小山顶上，不由得欢呼起来，有个口渴得要命的爱开玩笑的人唱起了英国国歌，而另外有些人高声齐唱另一支同国歌一样为大家所熟悉的民歌《啤酒，啤酒万岁！》马车到了酒店门口，人人争先恐后地爬下车子。酒店的柜台一下被占满了，男女侍者急忙拿啤酒端来给外面这些焦渴的来客。

柯里登和菲丽丝的牧歌①

风流豪放要求忠实的放牛郎和多情的牧羊女从同一只酒罐里喝酒。

“快来，你先喝，”柯里登彬彬有礼地捧起溢着泡沫的酒罐给他女伴喝。

菲丽丝不声不响把酒罐举到嘴唇边，开怀畅饮。放牛郎瞧着，心里发急。

“嗳，让我也喝一口！”他眼看酒罐越举越高，里面的酒好像越来越少，连忙说道。

多情的牧羊女停了下来，把酒罐递给她的情人。

“哦，天晓得！”柯里登朝罐子里看看，这样说道，接着又说，“我想你总懂得的。”于是他雍容大方地把自己的嘴唇贴在他心上人的嘴唇刚才贴过处，喝完了这一品脱的啤酒。

“天哪！”牧羊女咂咂嘴说，“真够味儿！”她又伸出舌头，舔舔嘴唇，然后深深地吸了口气。

忠实的放牛郎喝完后，长叹一声，说道——

“嗳，我还能喝些！”

“你说这个呀，我还能大口地好好喝些呢！”

---

① 柯里登和菲丽丝是古罗马诗人维吉尔所作《牧歌》中的一对情侣。

殷勤的放牛郎受到鼓励，就回到柜台上，立即又拿来了一品脱。

"你先喝，"菲丽丝情意绵绵地说。柯里登一连喝了几口，把酒罐递给菲丽丝。

她，由于少女的羞怯，把罐子转了一下，想要换一边喝；但是他看了说——

"你怪别扭的。"

她为了不要使他不高兴，仍把罐子转过来，红宝石般鲜艳的嘴唇按上了他的嘴唇按过的地方。

"时间差不多了！"她说，一边把酒罐交还给他。

忠实的放牛郎从口袋里掏出一支短短的陶土烟斗，吹吹通，装满了烟丝，开始抽起烟来；而菲丽丝想着冰凉的清液在喉咙里往下淌去的味儿，觉得回味无穷，叹息一声，轻轻地抚摸着肚子。

这时候柯里登吐了一口唾液，他的情侣立刻说——

"我能吐得比你远。"

"我肯定你不能。"

她试了，果然吐得比他远。他使了劲再吐，比原来的远，她也再吐，他们一直进行着这牧歌式的竞赛，直到嘟嘟的喇叭声叫他们准备各就各位。

最后，他们到达了庆福，马解了下来，车子拉到一个有遮盖的地方，待会儿要在这里进午餐。

他们都相当饿了，可是现在还没到吃饭的时候，他们就先分散去喝一点什么。丽莎和汤姆，跟萨莉和她的男朋友，一起到了附近一家小酒店。

他们在喝啤酒的时候，哈利——他是个运动好手，有声有色地讲给他们听，他在上星期六晚上看到的一场职业拳击赛，特别令人难忘的是一个人被打伤得很厉害，结果死掉了。这当然是一场非常精彩的表演。哈利说那天来了几个西区①的时髦人士，他讲他们偷偷地溜进来的可笑样子，还讲了有个人故意吓他们，哇的一声"买票！"把他们吓得魂飞魄散的那副狼狈相。

接着，汤姆和他在拳击问题上争论起来。汤姆羞羞答答的，又不会一篇大道理，根本不是哈利的对手。

后来他们一起散步回到四轮大马车那儿，只见他们正在准备午餐；一只只大篮子在搬出来，从篮子里拿出吃的、喝的，看着一瓶瓶啤酒，叫那些干渴的嘴巴更干渴。

"来啊，女士们，先生们——如果你们确是上等先生的话，"马车夫喊道，"现在要喂牲口了！"

"滚开，"有人呵斥他，"我们可不是牲口；我们不喝水。"

"你太聪明了，"马车夫说；"我看得出你是刚从公立小学校出来的。"

前面说话的那个是个模样已经是半老的女人，所以他这样回答她的话里不无小小的讽刺。

另一个人吹着喇叭表示感谢上帝，丽莎提高了嗓门对他说——

"别吹啦；你要炸掉了，我看你准要炸掉。你一炸，我们的午餐就扫兴了！"

这会儿他们开始进午餐了。猪肉饼，咸味香肠，淡味香肠，冷土

① 参见第5页注①。

豆，鸡蛋，冷咸肉，小牛肉，火腿，虾，蟹，干酪，黄油，浇糖蜜的板油布丁，醋栗馅饼，樱桃馅饼，黄油面包，又是香肠，又是猪肉饼！

他们狼吞虎咽，拼命地、默不作声地、专心一志地、大口大口把各式各样吃的东西尽往喉咙里塞。有知识的外国人看到他们这样吃东西，就会懂得为什么英国能成为强大的国家。他会懂得为什么英国人永远、永远不会做奴隶。

他们尽是吃，除非停下来喝酒；喝起酒来，一杯一口干，不剩一点底！他们尽是吃呀，喝呀，然而任何事情都必然有终止的时候，他们终究结束了，三十二条喉咙里都发出了满足的长叹。

然后聚餐散场，这些善良的人们各自一对对走开去了。

哈利和他的女伴散步拐进了森林①中隐蔽的小径里，去谈情说爱，消化他们的这顿午餐。

汤姆整个上午一直等待着这个时刻的到来。他相信吃得饱饱的肚子一定有助于消融丽莎的冷漠。他想象自己坐在草地上，背靠着一棵枝叶茂盛的栗树的树干，手臂揽着他的丽莎的腰，她的头温柔地倒在他男性的胸窝里。丽莎也预料到午餐后大家要一对对分开，所以动足脑筋要设法逃避这个情况。

“我不要他缠着我，”她说；“接吻呀，拥抱呀，这些都叫我嫌恶！”

她自己也不懂，为什么她不要他爱抚，可是他的爱抚就是使她讨厌，惹她生气。幸亏上帝赐福的婚姻制度帮她的忙，因为吉姆·布莱克斯顿和他妻子自然不大愿意两个人在一起度过这个下午；丽

① 森林，即庆福旁边的埃宾森林，见第19页注②。

莎看到他们俩都有点尴尬的样子，就建议她跟他们一起到森林里去散步。

吉姆答应得快，而且表示十分乐意；汤姆却大失所望。他没有勇气说什么话，只是对布莱克斯顿瞪着眼睛。吉姆对他满不在乎地笑笑，而汤姆绷起了脸。

他们就这样开始了在森林里的蹊跷的散步。

吉姆尽量要跟丽莎走在一起，丽莎对此丝毫不觉反感，因为她已经得出这样的结论，认为吉姆虽然“老面皮”，却决不是“坏东西”。但是汤姆走在他们旁边。吉姆稍微加快些步子，使丽莎走到前面去，汤姆也加快步子，布莱克斯顿太太不愿落在后面，不得不连走带奔地保持跟他们并排着。

吉姆还尽量要使丽莎只跟他一个人谈话，让汤姆觉得被冷搁着，但是汤姆偏要插入几句生硬的憋气的话，徒使其余的人都不愉快。丽莎终于对他恼火了。

“我看你准是今天一早起来见了鬼，”她对他说。

“你答应跟我一起来的时候，没有这么想吧。”他把这个“我”字说得特别重。

丽莎耸耸肩膀。

“你使我扫兴，”她说。“你要让自己做傻瓜的话，你到别处去做傻瓜好了。”

“你这是叫我走开啰。”他愤愤地说。

“我没说我要你走开。”

“好，丽莎，我不要待在不要我待着的地方。”说着他旋转脚跟，冲着擦着他身子的矮树丛的枝丫，大步向森林的深处走去。

他一面信步走去，一面无限地悲怆，想着丽莎，喉咙口有窒息的感觉：她太无情无义，他懊悔到庆福来的。她完全可以和他散散步，而不去跟布莱克斯顿那个畜生一起走的；她就是不肯对他好好的，他恨她——然而他又自认毕竟是爱情中的自私的可怜虫，他开始感到也许是自己太苛求了些，太容易生气了些。他因此又悔恨自己本该一句话都不说的，他是多么想到她面前去赔不是。他又回头向庆福走，希望她不要让他等得太久。

当汤姆转身离开他们的时候，丽莎有点诧异。

"他生什么气?"她说。

"什么气，妒忌嘛，"吉姆笑着回答。

"汤姆妒忌?"

"是呀，他妒忌我。"

"怎么，他没有理由妒忌任何人——他没有理由!"丽莎说，接下来她把关于汤姆的一切都告诉了他：他如何要娶她而她不要他，她又是如何跟他讲好保留完全的自由，才答应跟他一起到庆福来的。

吉姆同情地听着，但是他妻子却不闻不问，无疑是一心惦念着她的家或者她的孩子们。

他们回到庆福的时候，看见汤姆孤单单站在那里瞧着他们。丽莎看见他脸上沮丧的神情，心中有所感动，觉得自己待他太冷酷无情，于是离开了布莱克斯顿夫妇，走到他跟前。

"嗳，汤姆，"她说，"别那么放在心上；我并不是有心惹你不高兴。"

他拼命对自己的行为表示抱歉。

“你知道，汤姆，”她继续说，“我太急躁，我不该说了刚才的话，对不起你。”

“噢，丽莎，你真好！你没生我的气吗？”

“我？不，该是你生我的气。”

“你真是个好姑娘，丽莎！”

“你不生我的气吗？”

“让我始终跟丽莎在一起；这就是我说的，”他说着，脸上闪现出喜悦的光芒。“我们去吃茶点，回头再去骑驴子。”

骑驴子玩得很开心。

丽莎开头有点害怕，所以汤姆走在她旁边保护她。那牲畜一开始小步跑起来的时候，她尖声叫了，紧紧抓住汤姆，生怕摔倒下来。他感觉到她的手搁在他肩胛上，听她动人地叫喊：“噢，抱住我，我要掉下来了！”他觉得一生从没有这样甜美地快乐过。

一伙人全来骑驴子了。他们建议来骑驴比赛。但是在第一场比赛中，驴子一跑动，丽莎就跌倒在汤姆怀里，驴子独自蹦跳着继续向前跑去了。

“我知道我该怎么骑了，”她在跑掉的驴子被追了回来之后说，“我跨着骑。”

“胡说！”萨莉说，“你穿着裙子怎么行？”

“行，我能行；我偏要跨着骑！”

于是，另外弄来了一头驴子，这回是装着给男人骑的鞍子。她把脚套进铁镫，跷起腿来，一跃而得意地在鞍子上坐下了。丽莎是不怕羞的；她跨骑在鞍上十分自在。

“这回我行了，汤姆，”她说，“你也去弄头驴子来，一起参加。”

这一回的比赛可热闹了。

丽莎使劲踢着、用鞭子抽着她的驴子,同时又是尖叫,又是大笑,最后她把人家甩了一大段,获得了胜利。

这场比赛之后,大伙又热又渴,都到小酒店去休息,谈论赛驴子的盛况。

他们喝了几品脱啤酒之后,丽莎和萨莉,同她们各自的爱慕者,还有布莱克斯顿夫妻俩,一起周围兜兜,寻找有什么其他的游乐。他们被投椰子的玩意吸引住了。

"好,我们来投一下!"丽莎兴奋地说,这就得那些倒霉的男人掏出些铜币来。萨莉和丽莎对着椰子投去,可都不知偏到什么地方去了,叫人好笑。

"看看怪容易的,"丽莎说,把头发往上一掠,"可我却投不中那个该死的东西。你投投看,汤姆。"

他和哈利同样都不高明,然而吉姆一连投中三只椰子。摆摊子的人看着他,有点急起来。

"你可是个能手,"丽莎赞扬他。

他们想要叫布莱克斯顿太太也试试运气,但是她坚决不干。

"我不赞成做这种蠢事。我只认为是白费钱,"她说。

"那么,别唠叨了,老太婆,"她丈夫说,"我们来吃椰子吧。"

三只椰子正好每一对拿一只,在女的吮吸干了椰子汁之后,他们把椰子切开,各自留些在吃饭、吃点心的时候吃。

进晚餐了。他们重又大吃香肠卷,鸡蛋,咸香肠;一瓶瓶啤酒喝完又来,来了又喝。

"我不知喝了多少瓶啤酒——我都数不清了,"丽莎说,引起哄然大笑。

他们还有一个小时，四轮大马车就要掉头回去了，这时候手风琴派用处了。

他们在草地上坐下，音乐会由哈利开场，他拉了个独奏曲；接着大家喊着要求唱支歌。吉姆站起身来，唱了那支古老的《啊，金色的小伙子，啊！》。在这一群伙伴中间不存在忸忸怩怩，所以丽莎几乎自告奋勇地也唱了一支流行的喜剧歌曲。随后又是手风琴演奏，和要求唱支歌的叫喊。

丽莎转身对默默坐在她旁边的汤姆说——

“给我们唱支歌，老朋友。”

“我不会唱，”他回答说。“我不会唱歌。”他正在说这个话，吉姆站了起来，说他再来唱一个。

“汤姆真是个脓包，”丽莎心想，“不像布莱克斯顿那个家伙。”

他们又一齐到小酒店，在马车上路之前，最后再喝几杯，直到喇叭发出有些抖动的嘟嘟声，催大伙上车，他们才在车上一个个坐下。

丽莎在爬上马车梯级的时候说，“唷，我看我喝醉了。”

马车夫已经喝得醉到感伤的境地，坐在驾驶座上，手执缰绳，头耷拉在胸前。他悲怆地回想着他早已消逝的年轻时代，懊悔当初没做个更好的人。

丽莎并不尊重这种神圣的感情，她伸出拳头在他帽子顶上啪地一下，帽子压没了他的眼睛。

“喂，老混蛋，”她说，“你把脸拉得风筝那么长干吗呀？”

他回过头来骂她——

“你自己混蛋！”

“死面团样的脸！”她嚷道。

“风筝脸！”

“斗鸡眼！”

她兴奋得不得了，大笑大唱，把整个这伙人引得闹成一片喧嚣。她在欢乐中拿汤姆的帽子戴在自己头上，把自己的帽子戴在汤姆头上，汤姆戴着她那顶插满羽毛的大帽子，她笑得尖声怪叫起来。

他们的车子开动的时候，大家唱起《原来他是一个大好人》，喧闹的歌声响彻夜空。

丽莎和汤姆和布莱克斯顿夫妇坐在一排位子上，丽莎坐在汤姆和布莱克斯顿中间。汤姆开心极了，但愿他们能一直这样下去。

车子一路驶去，他们渐渐静了下来，歌不唱了，说话也压低着声音。他们中间有的睡着了；萨莉和她的情人相互偎依，安稳地打着瞌睡。

夜色美妙，天上还是一片蔚蓝，很暗，散布着无数闪烁的明星。丽莎仰望天空，感到一种激动的心情，仿佛但愿被抱在什么人的怀里，或者感受什么强壮的男人的抚爱。她心中有种奇异的似乎在膨胀的感觉。

她停止了说话，他们四个人都不作声。

后来，慢慢地她觉得汤姆的手臂在偷偷向她腰上伸过来，小心翼翼地，似乎又怕伸在那里；这会儿她和汤姆都乐滋滋的。

但是，忽然她另外一边有什么在蠕动，一只手在她腿上伸过来，她的手被握住，被轻轻地挤捏着。那是吉姆·布莱克斯顿。她吃了一惊，发起抖来，汤姆觉得她在发抖，便在她耳边低声问她——

“你冷啦，丽莎。”

“不，我不冷，汤姆；只是身上一阵哆嗦。”

他的手在她腰上捏了一把，同时另一边的那只粗壮的大手捏捏她的小手。

她就这样坐在他们两个的中间，直到到达威斯敏斯特桥大道的红狮酒店。汤姆心想，“我相信她毕竟是对我有意思的。”

大伙下了马车，彼此互道晚安分手。萨莉和丽莎，同她们各自的奴隶和布莱克斯顿夫妻俩一起朝回家的路上走。到维尔街转角上，哈利对汤姆和布莱克斯顿说——

“我说，伙计们，让我们趁酒店没打烊之前再去喝一杯。”

“我没意见，”汤姆说，“不过我们得先把姑娘们送回了家。”

“那来不及，现在正快打烊了，”哈利回答。

“可我们不能就在这里丢下她们啊。”

“没事，你们去好了，”萨莉说。“没有人会带我们跑掉的。”

汤姆不愿离开丽莎，但是丽莎插上来说——

“对，你们去，汤姆。萨莉和我会好好自己回去的；你们没有太多时间了，赶紧去吧。”

“好吧，明天见，哈利，”萨莉说，事情就这样定下来了。

“明天见，好姑娘，”他说，“再给我亲一下。”

萨莉毫不犹豫地凑上前去，让他在她两边面颊上咂咂地亲了两个吻。

“明天见，汤姆，”丽莎说着，伸出手去。

“明天见，丽莎，”他回答，一面握住她的手，可是非常尴尬地瞧着她。

她懂得，于是和蔼地一笑，抬起脸蛋向着他。他俯身把她抱在怀里，热烈地吻她。

“你吻得真好，丽莎，”他这样说，惹得旁边的人都笑了起来。

“谢谢你带我出外玩，好朋友，”她在分手时说。

“没什么，丽莎，”他回答，然后几乎自言自语地加了一句，“上帝保佑你！”

“喂，布莱克斯顿，你一起去吗？”哈利看见吉姆不跟他们合在一起而跟他妻子一起走了，问他。

“不，”他回答说，“我回家去了，我明天五点钟就得起床。”

“你这家伙！”哈利扫兴地说，随即和汤姆一同走了，其余的人沿着这沉睡的小街回家去。

萨莉先到家，她离开了他们；他们再走几步，到了布莱克斯顿家门口，站定下来谈了几句，丽莎向这对夫妇道了晚安，剩下自己一个人在路上走。

街上静悄悄的，一支支灯柱相隔很远，投下微弱的光线徒使丽莎倍感孤独。此刻的街道和白天完全两个样子，白天街上全是人群，此刻除了她自己之外，不见一个人影，也没有半点声息，连她都害怕起来。眼前两边房屋平整的线条、截齐的人行道、笔直的马路，她只觉得似乎是个荒无人烟的地方，仿佛所有的人都死了，或者一场大火已经把它变成一片废墟。

突然她听到脚步声，一吓，回头看去，原来有个人在背后急急赶来。她一下子就认出那是吉姆。

他向她招手，低声叫唤——

“丽莎！”

她站定下来，等他走到她面前。

“你又跑来干吗?”她问。

“我出来跟你说‘明天见’的,丽莎,”他答道。

“可你刚才不是已经说过了吗?”

“我要重说一遍——正正式式地。”

“你老婆呢?”

“哦,她回家了。我说我口渴,还要最后喝杯酒。”

“但是她会知道你不是去小酒店的。”

“不,她不会知道;她已经一路上楼去照看孩子了。我要单独见到你。”

“为什么?”

他不答话,却想要握住她的手。她迅速把手缩回。他们默默无言地往前走,直到丽莎家门口。

“明天见,”丽莎说。

“不跟我散一会步吗,丽莎?”

“当心别让人听见你,”她在他耳朵边小声地说,虽然她自己也不知道为什么要这样。

“你去吗?”他又问了一遍。

“不——你五点钟就得起床的。”

“噢,我说这个,只是为了不跟他们一起到小酒店去。”

“就是为了可以到这里来找我一起去散步吗?”丽莎问他。

“正是!”

“不,我不去。明天见。”

“呃,你要好好地说‘明天见’呀。”

“你是什么意思?”

“汤姆说你吻得真好。”

她瞧着他不说话,他一下把她紧紧搂抱住,几乎把她提起到双脚离了地,亲吻着她。她把脸掉开些。

“给我亲你的嘴,丽莎,”他小声地说——“给我亲你的嘴。”

他把她的脸旋回过来,丽莎并不推避,他亲了她的嘴。

最后,她挣脱了他,倏地开门溜进了屋里去。

第六章

第二天早晨，丽莎在赶着去工厂的路上，追上了萨莉。她们俩经过一天出外玩乐，都疲惫、零乱不堪，前刘海乱七八糟地披在脑门子上，后面的头发胡乱地打成了一个松散的发结，悬在颈根上，好像随时会散开来。丽莎没来得及把她的帽子戴上，就拎在手里。萨莉的帽子用别针别着，歪在半边；她得不断用力把它往头上揿牢，不让掉下来。

即使灰姑娘①也没有她们这样不成样子；灰姑娘衣衫尽管破烂，也打好补丁，穿得整整齐齐，而萨莉的破旧衣裳撕裂了一大片，丽莎的袜子卸到了鞋面上。

“你好吗，萨莉！”丽莎赶上了她，招呼她。

“唷，我今天早上头痛得厉害哪！”她说，转过一张苍白的脸来，眼睛底下显出深深的纹痕。

“我也不太舒服，”丽莎有同感地说。

“我不该喝了那么多啤酒，”萨莉头里一阵剧痛，又补充了一句。

“哦，一会儿你就好了，”丽莎说。

就在这时候，她们听见钟声敲响八点，她们赶紧奔跑，不要迟到了拿不到牌子，因而拿不到这一天的工资。她们拐进一条街，工厂在这条街的尽头处；只见六七十个女工像她们一样在拼命地奔，要赶在上班时间之前进厂门。

整个上午,丽莎有气无力地干着活,头稍微动一动,就像一块铅受到一次电流冲击;舌头和嘴里又是发烧,又是干渴。

总算午餐时间到来了。

“来呀,萨莉,”丽莎说;“我要去喝一杯。我再也受不住了。”

于是她们走进对面的小酒店,各人一杯啤酒,一口就喝完了。丽莎深深地舒了一口气。

“这东西倒真给人提精神,是不是?”

“我刚才口干得要死。我没有告诉你吧,丽莎?——他昨夜说出口了。”

“你说什么?”

“嗳,哈利嘛。他终于说出口了。”

“叫你定日子吗?”丽莎笑嘻嘻问。

“是啊。”

“那你定了吗?”

“早先我不是说笑话吧!”萨莉加强了口气说。“我一直对你说的,我将比你先出嫁。”

“是啊!”丽莎想了想说。

“我劝你,丽莎,你还是要汤姆好;他这人不坏。”她用着好像是保护人的口吻说。

“我爱谁,就要谁;这是我的事,不用别人管。”

“好吧,丽莎,别恼火,我不是有意冒犯你。”

“那你说这些干吗?”

① 灰姑娘是童话中人物,受继母虐待,常穿破旧衣衫。

“哦,我看见你昨天跟他一起去郊游,总以为你终究还是要他了。”

“他要带我一起去,我可没叫他带我去。”

“是啊,我也不是叫我的哈利带我去的。”

“我从来没说过是你叫他的嘛。”

“噢,你在闹别扭,准是!”萨莉气呼呼地说。

啤酒使丽莎恢复了精神;她回到厂里工作,头也不痛了。昨天狂饮狂欢,这会儿除了还有点吃力之外,倒不觉得有什么不舒服。

她一面干活,一面回想着昨天的一桩桩事情,只觉得她思想里始终纠缠着那个粗壮的人——吉姆·布莱克斯顿。她在头脑里看见他跟她并肩在森林中散步,看见他主持野餐、拉手风琴、唱歌、说笑话;最后她感觉到在马车回来的途中,她身旁那个高大的汉子,他的又粗又大的手握着她的手,同时汤姆的臂膀揽着她的腰。

汤姆! 他这才第一次出现在她的脑海里,但是随即又在那另一个人的旁边沉落了下去。

最后她回忆起从小酒店散步回家、几次说“明天见”、吉姆赶上来的捷速的脚步,还有接吻。

她一阵脸红,急忙看看有没有姑娘们瞧着她。她不禁想起他把她抱在怀里的那个时刻;她此刻还感觉到他的胡子覆在她嘴上的刺激。她的心似乎在胸窝里膨胀起来,她仰起头透口气,仿佛再次迎着他的嘴唇。

想到这生动的情景,她周身哆嗦起来。

“你怎么在发抖,丽莎?”一个姑娘问她。“你不冷吧?”

“不冷,”丽莎说着,她因为被人闯进了她的沉思默想的境界而羞赧。"怎么,我还在出汗——汗在淌下来。"

"我当你准是在森林里着凉了,"那姑娘说。

"我今天早晨上班来的时候看见你的男朋友,"另一个姑娘说。

丽莎略微一愣。

"我没有男朋友;你说谁?"

"当然是你的汤姆啰。他垂头丧气的。你昨天对他怎么样啦?"

"我跟他没有关系,没有。"

"得了;别跟我来这一套。"

铃声响了,姑娘们丢掉活儿,一哄而出。她们三三两两在厂门口闲谈几句,各自分头回家去。丽莎和萨莉一起走。

"总算下班了!"萨莉大声说,一边看着正在附近戏院上演的一出戏剧的广告。

"那个戏我要去看!"丽莎和萨莉手挽手站在那引人注目的广告前面,这样说。

广告上画着两间房间,中间一条走廊;一间房间里地板上躺着一个死人,另外有两个人非常惊慌地听着走廊里一个年轻人在敲门。

"你瞧,他们把他杀了,"萨莉兴奋地说。

"是啊,哪个笨蛋都看得出!问题是外面那个呢?他是干什么来着的?"

"他可漂亮哪!我要叫哈利带我去看,一定叫他带我去。这个戏我要看。他说了要带我去看的。"

她们又往前走。丽莎和萨莉分了手,各自回家。

丽莎知道必须经过吉姆家门口，只是不知会不会看到他。可是她沿着小街走去的时候，看见汤姆正迎面走来。她突然一个念头想回避他，旋转身子退回去。后来她想这样做也愚蠢，便重新回转身来，朝着他走。

她不知他会不会已经看到她，或者注意到了她在转去转来。但是当她向前看去的时候，他却不见了。他没有看到她，而且显然是跑进哪一幢房子去看他的朋友了。

她加速脚步；在经过吉姆住的房子的时候，不由自主地看望一下。他正站在门口注视着她，嘴角上挂着微笑。

"我没看见你，布莱克斯顿先生，"她看他走上前来，对他说。

"你没有看见吗？嗯，我料到你会看见我的；我在等你朝这边看。我今天已经先见到过你。"

"不；什么时候？"

"我路上经过，看见你和另外一个姑娘在看那个戏剧广告。"

"我可没有看见你。"

"没有，我知道你没有看见。我听见你说，你说，'那个戏我要去看！'"

"是的，我是要去看。"

"好吧，那我带你去。"

"你？"

"是啊；有什么不好？"

"好是好，可是你老婆会说什么呢？"

"她不会知道。"

"可邻居会知道的！"

“不，他们不会知道；没有人会看到我们。”

他低声地说，不让人听到。

“你可以在戏院外面跟我碰头，”他接着说。

“不，我不能跟你一起去；你是个有了老婆的人。”

“见鬼！那有什么关系——就去看看戏嘛？而且，我老婆要一起去也不行；她要管那些孩子。”

“我去是想去，”丽莎再三琢磨着说。

他们到了她家门口，吉姆说——

“嗳，今晚上你出来，告诉我你到底去不去——好吗，丽莎？”

“不，我今晚上不出来。”

“你出来一趟也不妨事嘛。反正我等你。”

“你等也没用，因为我不会出来的。”

“好，那么，这样吧，丽莎；这个星期六晚上是最后一场，我是无论如何要去的。如果你也去的话，那就六点半到戏院门口，我会在那里等着你的。好吗？”

“不，我不去，”丽莎坚决地说。

“不管怎么样，到时候我等你。”

“我不会去的，所以你不必白等。”她说完就走进了屋里，把门砰地关上了。

她母亲在外面打杂工，还没有回家；丽莎准备点心吃。她觉得一个人吃怪寂寞的，因此她倒了一杯茶，里面加了一点炼乳，又切了一大块黄油面包，坐到了门口的石阶上。

另外一个女人下楼来，看见丽莎，就在她旁边坐下，交谈起来。

“怎么，斯坦利太太，你头上怎么啦？”丽莎看见她头上包着绷带，问她。

“昨天夜里我不当心把头弄开了，”那女人回答，窘得脸涨得通红。

“啊，真可怜！你怎么弄开的？”

“我跌倒在煤斗上，把头撞开了。”

“唷，幸亏我从没有过。”

“老实告诉你吧，丽莎，我跟我那老家伙吵了几句。不过我不喜欢这些事情传开去；你不会跟人家说吧，嗯？”

“我决不会说！”丽莎答道。“想不到你丈夫是那样的。”

“嗳，他清醒的时候可温柔哪——小绵羊般地温柔，”斯坦利太太辩解说。“但是，老天爷，他多喝了一点，就变了个魔鬼，竟然拿他没有办法。”

“你不是结婚还没多久吗？”丽莎说。

“没多久，还不过一年半；好不丢人？医院里医生就是这样对我说的。我只好到医院里去。你没有看见血流得可厉害哪！——满面都是血，血像炸开的自来水管那样直喷。这下我那老家伙可真害怕了；我对他说，‘我告你。’我虽然像屠宰场里的猪一样流着血，还是挥着拳头对他说，‘我告你——不告你才怪！’而他说，‘不，’他说，‘别告我，看上帝分上，基蒂，我要吃三个月官司的。’

“‘活该！’我说完，就往外跑。

“可是，天哪，我没去告他！我知道他心眼儿不坏；他在清醒的时候像小绵羊一样温柔。”她说这话的时候，情意深长地微笑着。

“那你后来怎么样？”丽莎问。

“我吗，我对你说了，我跑到了医院里，医生对我说，‘好女人，’

他说，‘你好像伤得很厉害哪。’

“我——我结婚还没一年半！

“我把情况全都讲给医生听，他听了说，‘太太，’他直盯着我的眼睛说，‘太太，’他说，‘你一向喝酒吗？’

“‘喝酒？’我说，‘不！我稍微呷过几口，至于你说一向喝酒吧，那——’我说，‘我确实不是个滴酒不进的人，我不是；我也喝杯啤酒，我喜欢。我不喝不行，我有那么多活要干，总得喝一点什么支持精神。可是，至于大喝呢，那，我可以这样说，整个伦敦找不到一个比我更清醒的女人。’

“唉，我第一个丈夫才真是滴酒不进的。啊，我第一个丈夫真是个美男子，真是个美男子。”

她终止了重复的话头，又对丽莎说——

“他跟现在这个大不相同。他曾经过过好日子。他是个上等人！”她一个个字眼咬得着着实实，还表情十足地点点头。

“他是个上等人，是个基督徒。他原先景况很好；他是个有教养的人，二十二年没碰过一口酒。”

正说得起劲，来了丽莎的母亲。

“晚上好，斯坦利太太，”她彬彬有礼地说。

“你也好，肯普太太，”那个女人同样有礼貌地回答。

“你的可怜的头怎么样？”丽莎的母亲同情地问。

“噢，痛得要死。我不知怎么办。”

“他这样对待你，该觉得可耻。”

“噢，肯普太太，我对于他打我倒不怎么在乎，”斯坦利太太答道，“你不要以为我怨这个。我是气他对我说的话。我同任何女人一样受得起拳头。拳头我不放在心上，如果他不是无耻地趁我不宜动手的时候打我，我也能站起来狠狠揍他，而且不知多少次我把我第一个丈夫打得鼻青眼肿。可是现在这冤家骂我的那些下流话！听了羞死人，我听不惯这样对我说话。我第一个丈夫活着的时候，我景况好，他一个星期能挣两三英镑哪。今天早晨我对他说，‘上等人怎么说得出这种话，我真不懂。’”

“再好的丈夫也是莫名其妙的，”肯普太太警句式地说。“我不能尽在这儿夜晚的空气里待着。”

“近来你的风湿发作得怎么样？”

“啊，可厉害哪。丽莎每夜替我搽药，还是痛得要命。”

肯普太太回到了屋里去，丽莎继续跟斯坦利太太交谈着。后来斯坦利太太也回屋里去了，剩下丽莎一个人。

她头脑里空空地站了一会，茫然望着前面，欣赏着夜晚的凉爽和静谧。

然而丽莎不可能长久没人打扰她。几个男孩子拿着球板和球儿过来，拣中她面前的街面作球场。他们脱下外套，在两头堆起了球门，准备开场打球。

“我说，好姑娘，”其中一个对丽莎说，“来跟我们一起玩一场板球，好吗？”

“我不来，鲍勃，我很累。”

“来吧！”

“不来，我对你说不来嘛。”

“她昨天喝醉了，还没有醒过来，”另一个孩子大声说。

“我揍你！”丽莎对他说。

他们再三叫她，她说——

“别缠着我，好不好？”

“丽莎在不开心，很明显，”球队里的另一个说。

“如果我是你，我才不喝酒哩，”又一个孩子装着一本正经的样子加上一句。“喝上了酒不好，”说完，他摇摇晃晃做出醉鬼的样子。

要是当时丽莎“竞技状态良好”的话，她早已冲出去，给他们大伙儿点颜色看看了；但她仅是厌烦他们打扰了她的安宁，所以让他们讲去。

他们看看拉她不动，也就撇下她，自己去玩了。

她观看了一会他们的游戏，渐渐神思恍惚，心中不知不觉让一个粗壮的人形盘踞着，她重又尽是想着吉姆。

“他好，他要请我去看戏，”她心想。“汤姆从没有请过我！”

吉姆刚才说，他晚上要出来的，她想这时候他该快来了。

当然她不准备同他一起去看戏，不过她乐于跟他聊聊；她喜欢有人求她而又拒绝人家的请求，她希望再有机会重演一次。但是他不来，而他又明明说好要来的！

“喂，比尔，”最后她对那一伙中的一个守外场的孩子说，“那边住的那个布莱克斯顿——你认识他吗？”

“认识，当然认识；怎么，他是跟我在同一个地方做生活的。”

“他今晚在干什么？我没看见他出来过。”

“我不知道。我看见他今晚走进红狮酒店的。我想他大概在那里，不过我吃不准。”

那么，他是不来了。诚然她对他说过她今夜不出门的，可是他还是可以来——就来看看嘛。

“我知道，换了汤姆，他会来的，”她抑郁地心里想。

“丽莎！丽莎！”她听见她母亲的声音在叫她。

“嗳，我来了，”丽莎说。

“我这半个钟头一直等着你来替我搽药。”

“你干吗不叫我？”丽莎问。

“我叫了。我不知叫了多长时间，喉咙都叫痛了。”

“我一点没听见。”

“你听不见，你会要听见我吗？我害风湿死了，你也不管，你会管？我知道。”

丽莎不吭声，只是拿出药瓶，在手上倒了些油膏，开始往肯普太太患风湿的关节上擦，那患者却尽是埋怨和责怪丽莎。

“别擦得那么重，丽莎，你要把我的皮肤都擦下来了。”

而丽莎尽量小心地轻轻给她擦时，她又责怪起来。

“你要是这样擦法，一点用处也没有。你怕吃力——我知道你。在我年轻时候，姑娘们从来不怕出点力气——可是，天晓得，你却一点不顾我的风湿；你顾吗？”

总算她唠叨完了。丽莎上床，在她母亲身旁睡下。

第七章

过了两天；是个星期五的早晨。丽莎起得很早，有宽裕的时间踱着步上工去，但她一路上没有遇到她的忠实朋友萨莉，到了厂里也没看见她。

钟声响了，姑娘们一群群都往厂里拥，唯独依然不见萨莉到来。丽莎不知这是怎么回事，怕萨莉将被关在厂外。正在发出勤牌子的人要拉下他窗口的百叶窗的时候，萨莉赶到了，气吁吁、汗淋淋的。

“唷！天哪，我热死了！”她说，一边用围裙揩脸上的汗水。

“我当你不来了，”丽莎说。

“不，我正好赶进；我睡过头了。我昨天夜里出去了，回来很晚。”

“是吗？”

“我和哈利去看那个戏的。哦，丽莎，那个戏简直好看极了！我一生从来没看过这样的好戏。天哪！它使你紧张得血都发冷；他们在台上把一个人绞死，哦，使我浑身都起了鸡皮疙瘩！”

接着她把这戏的情节，从头到底详详细细讲给丽莎听——暴力和流血呀，开枪呀，火车呀，凶杀呀，炸弹呀，英雄呀，小丑呀——她在激动的心情下把剧情杂乱无章地讲给她听，还背诵几段对话——全背错的——指手划脚地做出各种姿势；她回忆起这一切，兴奋得满面通红。

丽莎听得不耐烦，对萨莉讲得那么啰唆觉得讨厌：她对这个戏实在不感兴趣。

“人家会觉得,好像你一生从来没有进过戏院似的,”她说。

“我从来没有看过这样好的戏,我可以告诉你。你听我的话,叫汤姆带你去看。”

“我不要去;要去的话,我也自己买票、一个人去。”

“得了！那有什么味儿？我和哈利,我们坐在一起,他揽着我的腰,我握着他的手,这才乐哪,我可以告诉你!”

“嗯,我可不要任何人在我身上抚抚摸摸;我不喜欢!”

“可是我喜欢哈利;你不知道他的那些小动作哩;我们过三个星期就要结婚了。哈利说,噢,他说,‘我要去领张结婚证书。’‘不,’我说,‘要在教堂里宣读结婚预告,这样似乎更正式;’所以这个星期天将宣读我们的结婚预告。你跟我一起去听,好不好?”

“好哇,我一起去。”

放工后,在回家的途中,萨莉一定要在戏院广告前面停下,把广告上的那个场面详细解释给丽莎听。

“啊,你的《致命的纸牌》叫人恶心,我真要恶心了！我要回家去了。”她不等萨莉解释完,管自走了。

“我不知丽莎怎么了,”萨莉对一个她们共同的朋友说。“不知为什么,她总是不乐意。”

“哦,她是个傻子,”那个朋友说。

“是啊,我觉得她有时候真有点痴呆——我确实有这样的感觉,”萨莉回答说。

丽莎朝着家里走去,一路想着那个戏;终于她不耐烦地把头往后一仰。

“我不要看这该死的戏。我如果见到吉姆那个家伙,就对他这样讲;我一定这样讲!”

她果然看见他了;他背靠着他家的墙,在抽烟。丽莎知道他已经看到她,她经过他面前,只装没有注意到他。她觉得可恶的是,他让她走过去,而当她正以为他可能并没有看见她的时候,却听见他叫唤她的名字。

“丽莎!”

她回过头去,吃了一惊的样子——装得很像。“我没看见你在那儿!”她说。

“你走过去的时候,为什么假装没看到我——嗯,丽莎?”

“呀,我是没有看见你。”

“胡说! 你可不是跟我生气吧?”

“我生什么气?”

他想要握住她的手,但她迅速缩回了。她已经习惯于这个动作。他们继续交谈下去,可是吉姆始终不提看戏的事,丽莎很奇怪,心想他会不会忘记了。

“呃——萨莉昨天夜里去看戏的,”最后是她说。

“噢!”他说;就这么一声。

她忍受不住了。

“好,我走了!”她说。

“不,不要就走;我有话要跟你说,”他回答。

“什么话? 有什么事?”她拼命想引出看戏的话题。

“我也不知道,”他微笑着说。

“再见!”她说着,急促地转身离开了他。

“哼,肯定他全忘了!”她一边走回家,一边心里想,气鼓鼓地。

第二天晚上六点光景,她忽然想到今夜是这出“新型惊险剧”的最后一场。

“我确实是喜欢那个吉姆·布莱克斯顿的,”她暗自思忖,“而他竟这样对待我!汤姆决不会像他那样。我死也不再理睬他,那个——。现在我将根本看不成这出戏了。我真想自个儿去。瞧他忘记得那么干干净净!”

她非常气愤,虽然很难说为什么气愤,因为是她自己清清楚楚拒绝了吉姆的请求的。

“他说他会在戏院外面等我的,不知他会不会在那里。我要去看看他到底在不在那里,我一定要去看看——要是他在的话,我就自己买了票进去看戏,偏要气气他。”

她穿上了她的漂亮衣裳,为了不让邻居看见,特地从几幢模范工房中间的小弄里穿出去,兜到威斯敏斯特桥大道,不多一会就到了戏院门前。

“我等你半个小时了。”

她回头看时,只见吉姆站在她背后。

“你在跟谁说话?我可不是来跟你一起去看戏的。你把我当什么来着?”

“那你跟谁一起去?”

“我一个人去。”

“得了!别成了该死的蠢驴!”

丽莎觉得受了极大的侮辱。

“你就是这样对待我!我回家去了。你那天夜里为什么不出来?”

“你教我不要出来的嘛。”

她听了这悖谬可笑的回答,哼了一声。

“你昨天为什么只字不提看戏的事呢?”

“咦,我想如果我不谈这件事,你准会来。”

“好哇,我想你真是——畜生!”她真要哭出来。

“好吧,丽莎,别激动,我并不存心惹恼你。”

他用手臂挽着她的腰,把她带到戏院走廊门口。

她眼角里涌出两颗泪珠,沿着鼻子滚下,但是她感到宽慰和快活,任他带到什么地方去。

门口等着一长条的人。丽莎看见两个黑人在帮他们消磨等待的时间,心里高兴。黑人唱歌、跳舞、又做怪脸,大家聚精会神地看得津津有味,有如王家贵族在静听雷斯凯①演唱。在表演完毕的时候,大家热烈鼓掌,并且踊跃向他们投赠半便士的铜币。

当黑人们退到楼下后座的进口处时,报童们又叫卖起小报和号外来;这之后来了三个小姑娘,唱着爱情歌曲,又拿到一些铜币。

终于门里边响起了声音,门口排成一字长蛇阵的人们骚动起来,每个人都挤拢来,男的叫女的挨紧、拉住;一片劈里啪啦开锁去闩的声音,门都打开了,人们就像决了堤的河流一样向场子里直冲进去。

过了半个小时,幕开了。这戏确实惊险动人。丽莎完全忘记了她的伴侣,专心一志地盯着台上。她看得气也透不过来,激动得发

① 雷斯凯(1850—1925),波兰男高音歌唱家。

抖，看到绞杀人的那个精彩场面时，她几乎发疯了。

第一幕幕落，她舒了口气，揩揩脸上的汗。

"瞧我好热呀，"她对吉姆说，把手给他摸。

"是呀，你热了！"他拿住她的手。

"放开！"她说，要把手缩回来。

"有什么关系？"他非常大胆地回答。

"去！放开！"但是他不放，她也并不真正强烈挣扎。

第二幕开场了。她看见了那小丑，尖叫起来；她的笑声比任何人都大，因此人们都回过头来看她，说道——

"她看得可真开心。"

后来，到谋杀的一场，她尽是咬指甲，额上汗流如注。她紧张得甚至力竭声嘶地对那将被杀害的人大叫起来，"当心！"这一下引起了哄堂大笑，也松弛了紧张空气，因为全场正屏气凝视着两个坏人在门口侧耳静听，蹑手蹑脚地向他走去，宛如老虎在爬向它要捕食的动物。

丽莎周身哆嗦，吓得紧挨着吉姆，他就双手把她抱住，对她说——

"别害怕，丽莎；没事。"

最后坏人们猛扑上去，一场搏斗，可怜的人被杀；接着就是广告上画的那个场面——被害者的儿子在外面敲门，里面是两个凶手和那被杀害的人。

幕落下，全场观众松了一口气，接着爆发出一阵阵的喝彩声。那戴着大礼帽的漂亮的英雄受到雷声般的鼓掌；被杀害的人，依然弄得蓬头散发、衣衫零乱的样子，受到同情的欢呼；坏蛋们呢，全场报以一片嘘嘘、呸呸的喧哗，而那两个可怜的家伙还是连连鞠躬，似乎表示深深感谢。

“我看得好看极了，”丽莎说，把身子紧紧贴拢吉姆，“你带我来看这戏，你真好——吉姆。”

他紧紧抱了她一下，她忽然想起，她正同萨莉说的一样地坐着，她同萨莉一样“够味儿”。

幕间休息的时间很短，不一会幕又升起了。

小丑脱去了衣服，把衬衣衬裤公之于众，引起观众惯常的哄堂大笑；然后又是悲剧，最后一幕是一间黑沉沉的房间、抽签、爆炸。

当戏演完了，散场出来的时候，吉姆咂着嘴唇，说道——

“我得喝口酒；我们到那边小酒店去。”

“我也渴得要命，”丽莎说；所以他们就去了。

走进小酒店，他们觉得肚子饿了，看见刺激食欲的香肠卷，吃了一些，同时灌下了两罐啤酒。然后吉姆点起烟斗，他们离开了小酒店。

他们走到快近威斯敏斯特桥大道的时候，吉姆建议趁酒店还没打烊再去喝几杯。

“我要醉了，”丽莎说。

“没有关系，”吉姆笑着答道。“你明天早晨又不用上班，多睡一会就是。”

“好吧，那么我去；反正喝了，就索性喝吧。”

她到了酒店门口，脚步缩住了。

“我说，大爷，”她说，“这里会有我们街上的人，他们会看见我们的。”

“不，不会有人，你放心。”

“我怕进去。”

“嗳，就是他们看见我们，我们又不是在做什么坏事，而且我们可以到里边的小房间去，包管那儿一个人也没有。”

她顺从了。他们进了酒店。

“请来两品脱苦啤酒，小姐，”吉姆对女侍者说。

“嗳，老朋友。我至多喝半品脱，”丽莎说。

“胡说，”吉姆回答。“你是有多少能喝多少的，我知道。”

他们到酒店关门的时候才离开酒店，沿着宽广的大道向回家的路上走去。

“我们在这里坐一会儿，”吉姆指着两棵树间的一张空凳子说。

“不，时间晚了；我要回家了。”

“那么好的夜晚，要紧回家去岂不可惜；”他拉她坐下，她并不推拒。他拿手臂在她的腰里揽着。

“放手，坏蛋！”她随口胡乱引用那传奇剧里的话说；可是吉姆只哈哈笑笑，她也不挣脱他的搂抱。

他们在那里坐着，沉默了好一阵子；啤酒涌上她头里，热烘烘的夜晚的空气更使她昏昏沉沉。

她觉得他的手臂揽在她腰里，高大的身躯紧贴在她身旁；她重又感受到那种奇异的激情，仿佛她的心就要爆炸，这激情使她透不过气来——一种那么痛苦、压迫的感觉几乎使她要打恶心。她的手发起抖来，呼吸越来越急迫，似乎竟要窒息了。她昏昏沉沉地倒在那男人身上，从头顶到脚尖一阵寒颤。

吉姆俯倒身子，双手抱住她，在她嘴唇上压上了一个长长的热吻。她气喘吁吁地掉转头，低声呻吟。

他们又默默无言地坐了好一阵子，丽莎只觉异样的喜悦，仿佛将歇斯底里地大笑起来。

就在背后，教堂的钟声敲起——一点！

“天哪！”丽莎一震动，说道，“一点啦！我必须回家了。”

“这儿外面多凉快；再待一会儿，丽莎。”他把她抱得更紧。“你知道，丽莎，我爱你——爱得恨不得把你杀了。”

“不，我不能再待下去；走吧。”她从凳子上站起身来，把他也拖起。“走吧，”她说。

他们一路走去，又是默默无言地；前前后后不看见一个人。他这会儿没挽住她。他们稍稍分开着并肩走去。

丽莎先开口。

“你最好沿这大道，绕着教堂，兜回维尔街，我穿小弄走，这样没有人会看见我们在一起；”她几乎耳语般地说。

“好，丽莎，”他答道，“你叫我怎样，我就怎样。”

他们来到了丽莎所说那条小弄口；这条小弄两边都是没有门窗的墙，是工厂的背面，它通向维尔街的末梢头。弄口中央设有两个铁桩，不让马匹和车辆通行。

他们刚到得那里，忽然小弄里走出一个人来，正拐弯上大路上去。丽莎连忙把头掉转。

“不知他看见我们没有，”待他走远了些，她说。“他在回头看，”她又说。

“嗯，这是谁？”吉姆问。

“是我们街上的人，”她答道。“我不认识他，可我知道他住在哪一家。你猜他看见我们吗?”

“不,他在黑暗里看不出是谁的。”

“但是他回过头来看的;要是他看见是我们,整条街上的人就将全都知道。”

“这也没什么,我们又不是在干坏事。”

她伸出手,要对他说再见。

“我陪你在小弄里走一段,”吉姆说。

“不,你不能陪我;你这就兜过去走吧。”

“可小弄里那么暗;也许会出什么事情。”

“不可能!你回家去吧,别管我,”她一面说着,一面走进小弄里,隔着一个铁桩和吉姆对面站住。

“再见,老朋友,”她伸出手说。

他握住了她的手,说道——

“我但愿你不要离开我,丽莎。”

“好啦,我必须走了!”她想要缩回她的手,但是他把它紧紧压住在铁桩顶上。

“放开我的手,”她说。

他不动,却一味盯住了她的眼睛,弄得她心慌起来。她懊悔不该跟他出来。

“放开我的手,”说完,她握紧拳头打他的手。

“丽莎!”末了他说。

“嗯,怎么样?”她一边说,一边不断用拳头狠狠打他的手。

“丽莎,”他轻轻地说,“你肯吗?”

“肯什么?”她说,低下了头。

“你知道的，丽莎。说，你肯吗？”

“不，”她说。

他凑到她耳边，重复说——

“你肯吗？”

她默不作声，尽是打他的手。

“丽莎，”他还是说，声音变得嘶哑、粗重——“丽莎，你肯吗？”

她依然不响，眼睛朝着别处，拳头尽乱打。

他定睛对她看了一会，她停住了在猛打他的手，半张着嘴抬头瞧着他。

突然间，他一阵震颤，握紧拳头，狠狠地在她肚子上砰地一拳。

“来吧，”他说。

终于他们两个一起向小弄的黑暗中悄悄走去。

第八章

肯普太太惯常在星期天的早晨昏昏沉沉地睡大觉，否则也不会让丽莎这样尽睡着。

丽莎醒来，揉揉眼睛，清一清头脑，渐渐记起了头夜到戏院看戏的事，接着一切全都闪现在眼前。

她伸了伸腿，喜悦地深深叹息一声。她心潮如涌；她想着吉姆，沉浸在爱情的迷人的快感中。她闭着眼睛，想象他的火热的吻，她举起臂膀，仿佛要揽住他的脖子，使他俯下身子挨近她。她几乎感觉到他粗硬的胡子贴在她脸上，坚实的臂膊搂抱着她的身体。

她自己笑笑，痛快地透了口气。于是她撩起睡衣的袖子，看看自己瘦削的手臂，就只两根骨头，没有一点肌肉，然而非常白嫩，一根根交叉的青色的血管看得清清楚楚。她没有注意到自己的手很粗，又红又脏，指甲有的坏了，有的被她咬到了指尖的活肉。

她爬下床来，在壁炉架上的镜子里自己照照，一只手把头发往后掠了掠，对着自己微笑。她的面庞是小小的，而且很瘦，可是她的面色可好了，白嫩清秀，两颊微微泛红，一双大眼睛同她的头发一样乌黑。她感到非常快活。

她不想就换衣服，而要坐下随心想想，所以她把头发盘起一个小发结，在睡衣外面套上条裙子，在近窗口的一张椅子上坐下，朝室内四面看看。

房间的壁炉架上主要的装饰品是一只生梨、一只苹果、一只菠萝、一串葡萄和几个肥硕的李子，全都是蜡制的，做得很好看；那是这个最昌盛的王朝①中期的时兴玩意。它们颜色逼真：苹果像涨红的脸，葡萄像墨水的蓝黑色，衬托着几片翠绿的叶子，整个这一堆水果搁在一个覆着黑丝绒的乌木座子上，上面罩着红色长毛绒镶边的漂亮的玻璃罩子，不让沾上灰尘。丽莎盯着它们看，十分欣赏，菠萝使她看得淌口水。

壁炉架的两旁是两只桃红色的大花瓶，几朵蓝色的花朵朝着外面；近瓶口处描着一圈金色的美术字："一片情谊"。这两个花瓶倒有古董的艺术味儿。中间的位置上放着些杯盘和小花瓶——里面是金色的，外面是画的城市风景，边上一圈写着"克拉克顿②精制礼品"，有的还藏个韵，写着"马盖特③海滨纪念品"。这些东西，有的已经破损，但是用胶水粘补好的，不过大家知道，在鉴赏家眼里，陶器上有一两道裂痕是丝毫无损其价值的。

此外就是数不清的肖像——一张张明信片那么大的黄色的小照片，镶着丝绒框子，有的还用贝壳作装饰；照片上有穿着老式服装的怪样的男人们，有紧身围腰和袖子裹紧在身上的女人们。那些女人都面孔铁板，头发在正中央分开，贴牢在两边，下颌和嘴巴都显得很坚定，眼睛小得像猪眼睛，脸上皱纹密布。男人们穿着怪不舒服的节日穿的新衣裳，做着僵硬和尴尬的姿势，两鬓留着一大蓬络腮胡子，面颊和上嘴唇剃得光光的，他们给人以饱经风霜的印象。

还有一两张银版照相，是小小的全身像，金纸镶边。一张是肯

---

① 指维多利亚王朝（1837—1901）。
② 克拉克顿在伦敦东北，是埃塞克斯郡的一个沿海城市。
③ 马盖特在伦敦以东，是肯特郡的一个沿海城市，海滨休养地。

普太太父亲的像，一张是肯普太太母亲的像。再就是几张订婚照和结婚照，女的坐着，男的站在她后面，手搁在椅背上，或者是男的坐着，女的手搭在他肩上。

这些照片，有的竖在壁炉架上，有的挂在炉架顶上，有的挂在墙上，有的挂在床头；照片上的人们永远固定在他们僵硬而不舒服的状态，从各个角度一直注视着这间房间。

墙上糊着灰暗陈旧的墙纸，上面还点缀些圣诞特刊上剪下来的图画。有一张是很富有爱国精神的，一个士兵一面跟一个倒下的伙伴握手诀别，一面怒对一伙冲来的阿拉伯人挥着臂膊；一张是《樱桃园熟图》，日久尘染，几乎已经变成黑黑的了；还有两份几年前的旧年历，一份上面是洛恩侯爵①的彩色画像，极其漂亮而华贵，是肯普太太丈夫故后的爱之所钟；另一份上面是维多利亚女王在位六十周年庆典时的画像，可惜由于丽莎一时无礼，在女王脸上用木炭画了一簇小胡子，多少有损尊严。

室内的家具有一只脸盆架，一张松木板五斗橱，这是兼当餐具柜的，凡是壁炉前面放不下的瓶瓶罐罐都往这上面放。此外，除了那张床，就剩两只烧火椅子和一盏灯。

丽莎瞧着这一切，十分满意。

她在高贵的侯爵像的一个角上钉上一根别针，不让它掉下来，又随手把那些小摆设弄弄整齐，然后她自己开始梳头洗脸。

她穿好衣服，吃了些黄油面包，一口吞了一碗冷茶，出门到街上去了。

① 洛恩侯爵这爵位常赐予苏格兰 Argyll 公爵的长子。

她看见几个男孩子在打板球，就走到他们跟前。

“我来打，”她说。

“好，丽莎，”六七个孩子开心地叫道。队长接着说，“你到灯杆那边去守外场。”

“守你的魂！”丽莎气呼呼地说。“我打板球，总是当击球手的。”

“不，你不能总是当击球手。你当了我当什么？”队长回答说。他已经利用自己的身份，把自己先排进去，一直在场内。

“好，那我就不打，”丽莎说。

“得了，欧尼，让她进场！”队里两三个队员嚷道。

“哼，该死！”队长说，把他的球棒给了丽莎。“我可以打赌，你场内待不长，”说着，他叫原来的投球手去守外场，他自己拿起了球。他是少年绅士，不肯过分退让的。

“出场！”当球飞过丽莎的球棒，打进了当作球门的一堆衣服里时，六七个声音同时叫喊。队长跑上前来，要重当击球手，但是丽莎不把球棒给他。

“去！”她说；“这只是练球，不能算。”

“你没说过练球，”他恼火地回答。

“说过，我说过，”丽莎说；“我说的时候，正好球来了——说得轻了些。”

“哼，该死！”队长又是这么说。

就在那个时候，丽莎在旁边观看的人丛中看到了汤姆。那天早晨，她正对世界上的一切都感到亲切，所以就朝他叫喊起来——

“喂，汤姆！”她说。“你来投球；那个家伙不行。”

“不，好歹我把你打出场了，”那个家伙说。

“呀，要是正式比赛，你休想把我打出场。而这是一次练球——练球的球可谁也说不准。”

汤姆开始非常缓慢而且平稳地投球，因此丽莎能挥舞球棒狠狠地击球；而且她连续得分，气喘吁吁地打到了二十分。这时候外场员们提出意见了——

“喂，喂，他尽给她投下手球，根本不想把她打出场。”

“你在破坏我们的比赛。”

“我不管；反正我得了二十分——这就比你们谁都强。现在我自动出场，就这样！来，汤姆。”

汤姆到她身边。队长重新拿起他的球棒。比赛继续进行。丽莎和汤姆开始聊起天来，丽莎靠在一幢房子的墙上，汤姆站在她面前欢乐地微笑着。

“你这一阵子躲到哪儿去了，汤姆？我不知多久没看见你了。”

“我还是像平时一样常在街上逛逛；你不看见我，我倒总看见你。”

“你看见我，也该过来招呼一声。”

“我不愿硬叫自己缠着你，丽莎。”

“去你的！你真是个莫名其妙的怪人！”

“我想你不喜欢我缠着你，所以我避开些。”

“啊，你这样说，好像我不喜欢你似的。要是我不喜欢你，我会跟你一起出去野餐狂欢吗？”

丽莎实在是极不老实，不过今天早晨她爱整个世界，当然汤姆也在其中。

她非常亲切地瞧着他，他感动得只觉得有一大块什么塞住了他的喉咙，说不出话来。

丽莎的目光转向吉姆住的房子，看见门口走出一个和她差不多年龄的姑娘；她觉得她长得有点像吉姆。

"哎，汤姆，"她问，"那个是不是布莱克斯顿的女儿？"

"是的，正是。"

"我去跟她说几句话，"丽莎说着，就丢下汤姆，跑了过去。

"你是波莉·布莱克斯顿，是不是？"她说。

"我是！"那姑娘说。

"我一看就知道你是的。你爸爸，他对我说，'你不认识我女儿波莉吗？'他说。'不，'我说，'我不认识。'

"'哎，'他说，'你一看见她，就看出来了。'真的，我一看就看出来了。"

"我妈说我完全像爸爸，一点不像她。我爸说幸亏没有倒个头，否则他要离婚了。"

她们俩都笑了。

"你这会上哪儿去？"丽莎问，看她手里捧着那只倒茶脚的盘子。

"我就到大街上去买点冰淇淋，吃饭时候吃。我爸昨夜交好运，他说的，所以今天吃饭时候请我们大家吃冰淇淋。"

"我同你一起去，好不好？"

"好，走！"

她们一下就成了朋友，手挽手地向威斯敏斯特桥大道走去。她们一路走到一家意大利人开的卖这东西的铺子，她们先各人尝了尝味道之后，波莉拿出六个便士，让她的那个盘子给装了满满的一盘红色和白色混在一起、看上去像是有毒的冰淇淋。

在回家的路上，波莉朝前一看，叫道——

“我爸来了！”

丽莎的心怦怦地跳起来，激动得脸也红了。但是突然感到一阵羞耻，她沉下了头，尽量不要看见他。她说——

“我要回家去看看我妈怎么样。”波莉还没来得及答话，她已经一溜烟跑进了自己屋里。

她妈正觉得不舒服。

“你到底来啦，你这——，你！”肯普太太看见丽莎进来，大吼大叫。

“怎么样，妈？”

“怎么样！我这样子——你说怎么样！随你怎么样，你要怎么样就怎么样！好哇，你这样对待我这样个老太婆——还是你自己的母亲呢！”

“出了什么事？”

“别跟我说话；我不要听你说。你把我一个人丢在家里，又是我的风湿，又是神经痛！我今天一个早晨一直神经痛，头简直要裂开来，我想头颅骨会一裂两爿，脑浆会流了一地。我醒来的时候，没有人给我弄杯茶，我躺在床上尽是等着、等着，到头来还得自己爬起来弄。而我的头简直痛得要我的命！还有，炉子里点着火，我睡着，活活烧死也不知道。”

“对不起，妈，不过我只出去了一刻工夫，想不到你会醒的。而且炉子没生火。”

"去你的！我从来没有这样对待我的妈。啊，你真是个没良心的女儿——我肚子里有你的时候最难过，所有其他孩子加起来也没有使我那么难过。你生下来的时候，我苦透，你生下来以后，我一直为你吃尽苦头。现在我老了，一生做得筋疲力尽了，你却丢下我不管，让我去饿死、烧死。"

说到这里，她放声大哭，其余的话都淹没在抽噎之中。

黄昏进入夜晚，肯普太太跟那些小鸟一样静下来休息了。

丽莎头脑里想着许多事情，她想为什么今天早晨她不愿意和吉姆见面。

"我是个十足的傻瓜，"她自忖。

昨天的夜晚竟像是不知多么久远，昨夜发生的事情确似发生在不知多久之前。

她整天没跟吉姆说过一句话，她有满腔的话要跟他说。

她不知他会不会在街上，所以她来到窗前，往外望着，但是外面什么人也没有。她重又把窗关了，就在窗边坐下，盼着他来，心里揣度着，他是不是也像她想着他那样地在想她呢。她头脑渐渐模糊起来。她瞌睡了。

她蓦地惊醒，好像听见什么声音。她再仔细听，一会儿这声音又来了，在窗上轻轻的、嘚嘚的三四声。她连忙开窗，低声地叫道——

"吉姆。"

"是我，"他回答；"出来。"

她把窗关上，跑到走廊里，去开沿街的门。锁刚开，吉姆已经推门而入。他把门半掩着，把她一把抱住，紧紧贴在怀里。他热烈地吻她。

“我知道你今夜会来的，我心里有什么东西告诉我的。可你来得这么晚。”

“我故意不早来，因为我想街上有人。吻我！”他再次把嘴唇贴在她嘴唇上，丽莎乐陶陶的几乎晕过去。

“我们去散一会步，好不好？”他说。

“好！”他们低声耳语。“你穿小弄上大道，我打这街上走。”

“好，那样好，”他又吻了她一下，溜出门去，她把门关好。

然后她为了去拿顶帽子，回到走廊里，先在门背后等了一会儿，不要让人发觉了她的冒险行动。正在犹豫要不要回进去拿帽子的时候，她听见门锁上钥匙声音，想连忙缩回身子，不让有人开进门来撞到她，可是已经来不及。开门的是个男人，他是住在楼上的邻居。

“谁？”他说，“谁在这儿？”

“霍奇斯先生！唷，你着实吓我一跳；我正要出去。”她脸涨得通红，幸亏他在黑暗里根本看不见。

“再见，”她说完，就出去了。

她紧贴着一幢幢房子的墙脚，像个贼似的走去。警察看见她走过，回过头来瞧着她，怀疑她是不是在想干什么违法的事情。

她一进入大道，呼吸舒畅了，看见吉姆在一棵树下躲着，直奔上前去，他们在阴影底下又是接吻。

第九章

一个爱情和欢乐的时期这样开始了。

丽莎一下班，吃好点心，就往外溜，到什么约定的地方去跟吉姆碰头。通常是在教堂附近，威斯敏斯特桥大道在那里弯向泰晤士河。他们常携手闲荡，直到有什么地方可以坐下休息。

有时候，她沿着亚尔培堤走到巴特西公园①，在那里凳子上坐下，看孩子们玩耍。骑自行车的女性②已经不大到巴特西来，而到对岸的那些公园里去了，但是还不时有一辆经过，丽莎带着老派的偏见，常看着骑车的过去，背后议论，说话常粗野得不像个上等女人。

吉姆和丽莎都喜欢孩子，那些很小的破衣烂衫的小鬼常来缠着他们，要在吉姆的膝盖上骑马，或者跟丽莎假打架。

他们觉得自己是跟维尔街的人们离得远远的了，可是有两次，他们正在路上走，却被他们认识的人碰到了。

一次是两个工人正从沃克斯霍尔③完工回家，到他们走得很近的时候，丽莎才看见他们；她急忙把吉姆的臂膀甩掉，两个人在对方走过身边的时候都把眼睛朝着地上，像鸵鸟一样，以为只要你不看，就不会被人看见。

“你看见他们吗，吉姆?”他们走过以后，丽莎轻轻问。“恐怕他们没看见我们。”

她几乎本能地回过头去，正好那两个男人中的一个也回过头来;那就没有疑问了。

"真吓了我一跳,"她说。

"我也是,"吉姆回答;"我浑身一阵火热。"

"我们真是傻瓜,"丽莎说;"我们该招呼他们！你看他们会传出去吗?"

他们一点也没有听到什么。后来吉姆在小酒店遇到那两个人中的一个,他也没提起碰到过他。他们想,大概他们没有被认出来。

然而第二次糟了。

这回又是在亚尔培堤上。他们碰上了一伙四个人,都是住在一条街上的。丽莎的心往下沉了,因为逃避已经不可能。她想连忙回头跑,可是那几个人早已看到他们了。

她小声对吉姆说——

"壮起胆来。"所以他们走到面前的时候,她对其中的一个说,"喂！你们上哪儿去?"

这几个人停了下来,其中一个反过来问——

"你们上哪儿去?"

"我吗?哦,我刚到医院去。厂里有个姑娘不舒服,所以我想,我该去看看她。"

她开始说话的时候,有点结结巴巴,可很快就镇静下来,谎话说得挺利落,没有丝毫吞吞吐吐的。

"我从医院里出来,"她继续说,"谁知道正好这家伙经过医院,

---

① 巴特西公园在伦敦南部,泰晤士河的南岸。
② 当时自行车流行不久,女性骑自行车是属于新派的。
③ 沃克斯霍尔是伦敦南部的工业区,靠近泰晤士河;在巴特西公园和威斯敏斯特桥大道之间。

他对我说,‘你好!’他说,‘我到沃克斯霍尔去,我们一起走一段,好吗?’‘好,’我说,‘一起走也好嘛。’”

一个人做了个眼色,另一个说,“得了吧,丽莎!”

她做出清白受污辱的神气而冒起火来。

“你这是什么意思?”她说;“你以为我在骗人?”

“骗人?不!你是刚从乡下来的老实人,是不是?”

“你以为我骗人?你说我为什么要骗人?自己说谎的人从来不相信别人,那倒是千真万确的。”

“好吧,丽莎,别那么泼辣。”

“泼辣!你再说,我打肿你的眼睛。我们走,”她对局促不安地站在旁边的吉姆说;他们走了。

这些人叫嚷着,“我们不用等多久,就有好戏看。”他们嘻嘻哈哈地也走了。

从那一回以后,他们决定拣绝对没有人看见的地方去。他们一定要过了威斯敏斯特桥才碰头,然后才同到巴特西公园。他们总是卧在草地上,相互偎依着,这样度过了一个个漫长的夏夜。

白天的闷热过去之后,公园里微风习习,他们痛快地呼吸着凉爽的空气。这儿似乎远离了伦敦,又清静,又凉快。丽莎躺在吉姆身旁,只觉得她在一种醉人的欢乐之中,她对他的爱情泛溢到整个世界,把整个人类都沉浸在里面。但愿好景常在!

他们经常就只是待着,看一颗颗星星在蔚蓝的空中熹微地闪现出来,直到深夜,蔚蓝变成漆黑,满天千万颗星星照耀在他们头顶。

但是随着夜间逐渐转凉,他们觉得躺在草地上冷了,同时又觉得走了那么长的路来到这里,逗留的时间也似乎太短。所以他们同原先一样，过了桥沿着亚尔培堤漫步，看见有空凳子，就在那里坐下。丽莎蜷缩在她情人的怀里，他的粗大的臂膀抱着她。

九月的雨并不影响他们；他们跟平常一样，来到他们树下的位子上，吉姆会把丽莎抱在膝盖上，张开自己的外套，给她遮雨，而她呢，两臂挽住他的脖子，紧挨着他，偶尔格格地发出一声欢乐和愉快的笑声。

这些漫长的夜晚，他们竟不大说话；事实上，他们有什么可交谈的呢？他们常默默无言地两人贴着脸，坐上一个小时，彼此的面颊上都感觉到对方嘴里热烘烘的呼吸，而到临了，唯一的动作就是丽莎的嘴唇往上一抬，吉姆的嘴唇凑上去，两人的嘴唇就这样合在一起，接吻。

有时候丽莎微微睡着了，吉姆总一动不动地坐在那儿，只怕惊醒了她。她自己醒来的时候，常嫣然一笑，他又俯下身子去吻她。他们真是快乐。

可是时间过得那么快，不知不觉大鹏钟敲起了十二点。他们只好勉强站起身来，回家去了。

他们的分手是没完没了的——每天晚上吉姆死抱住她，不肯放手，他想到分离就热泪盈眶。

“只要我们能永远在一起，”他说，“要我怎么样我都情愿。”

“别烦恼，老朋友！”丽莎自己含着眼泪哭出来，回答说，“这也没有办法，所以我们只能好好忍受。”

但是尽管他们谨慎小心，维尔街的人们还是都知道了。

首先，丽莎觉察到那些女人似乎不像以前那样对她亲热了，而且她常常觉得她们在谈论她。她经过的时候，她们好像瞧着她，然后讲些什么,或者还放声大笑,而她走近她们的时候,她们立刻停止说话,局促不安地缄默了。

她有很长一段时期,一直不愿相信她们对她的态度变了。吉姆是什么也没有觉察到,还向她劝说,说那全都是她的想象。可是后来越来越明显,吉姆也不得不同意丽莎的想法,觉得人们确实已经不知怎么发现了他们的秘密。

有一回,丽莎在跟吉姆的女儿波莉谈话,布莱克斯顿太太把她叫了去。波莉到了她母亲跟前,丽莎看见那女人怒冲冲地说了些什么,接着母女俩都远远瞧着她。丽莎看见布莱克斯顿太太目光对着她,脸上一副阴冷的怒容几乎使她惊骇。她硬着头皮走前几步,去招呼那女人,可是布莱克斯顿太太动也不动地站着,恶狠狠地瞧着她,吓得她不敢开口。

她告诉了吉姆,他气得脸色发青,说道,“那个女人该死!要是她对你说了什么,我就揍她。”

“无论怎么样都不要打她,吉姆,好吗?”丽莎说。

“那她就得识相!”他回答。

他告诉她,近来他老婆在发脾气,不跟他说话。上一天夜里,他一天工作完毕回家,向她道“晚安”,她扭转了头,睬也不睬他。

“我跟你说话,你不能回一声吗?”当时他说。

“晚安,”她回答了,死样怪气地,依旧不回头。

从那一回之后,丽莎觉得波莉总是回避她。

“怎么啦,波莉?”有一天她对她说。“你现在一句话也不说了;你的舌头给人割掉了吗?”

“我?我没有什么好说的,我知道,”波莉回答,一面转身就走。

丽莎面孔涨得通红，急忙看看周围有没有人注意到这情况。有两个小伙子坐在人行道上，看到了。她看见他们彼此用臂肘轻轻碰碰，眨眨眼睛。

后来，这条小街上的人们开始跟她开起玩笑来。

“你脸色苍白，”有一天，一群人中有一个对她说。

“你干得太卖力了，准是的，”另一个说。

“问题是结婚生活对丽莎不合适，”第三个加上一句。

“你在跟谁说话？我没有结婚，我从来不要结婚，”她回答。

“丽莎有丈夫可能给她的一切欢乐，而没有丈夫可能给她的任何麻烦。”

“我不懂你在说些什么！”丽莎说。

“不，你当然不懂，你是一点也不懂的，对吗？”

“像婴儿一样天真。我们在天上的父啊！①”

“在伦敦还待得不久吧？”

他们一吹一唱的，丽莎站在他们面前，茫然无从接嘴。

“你别弄错了，丽莎是懂得点儿的。”

“啊，我亲爱的，我爱你，恨不得把你杀了，可要当心不要你的老婆就在转角处。”这个话说得特别大胆，因此大伙都哈哈大笑。

丽莎狼狈不堪，尽摸弄着她的围裙，不知该怎么脱身。

“当心别招祸，那倒是最要紧的，”一个男人用一本正经的口气开玩笑。

“你也给我们个机会，丽莎；几时晚上你跟我也一起出去一次。

① 这是基督教《主祷文》的第一句。

你应该让我们每个人都挨到一次,表示你对我们一视同仁。"

"你们都在说些什么,我完全莫名其妙。你们都昏了头。"丽莎愤慨地说完,就转身朝家里走。

另外发生的事情中,还有萨莉的结婚。

有个星期六,一个小小的行列从维尔街出发。行列中,萨莉兴奋得尽是傻笑,前刘海用卷发纸卷了一个星期,显得异常漂亮;她穿着一身簇新的棉绒衣服,颜色是所谓电光蓝的。还有哈利,神经有点紧张,颈项里裹着不习惯的硬领,很不自在。他们俩携手并行,后面跟着萨莉的母亲和舅舅,也是手挽着手。行列由哈利的哥哥和一个朋友领头。

他们在一阵喇叭声中扔了一只旧皮靴①而出发,在维尔街街心上行进,一路受到邻居们的祝贺。可是他们进入威斯敏斯特桥大道,在渐渐走近教堂的时候,这对幸福的新人不作声了,哈利开始汗流如注,因而他的硬领真使他受罪。

就在教堂对面有家小酒店,于是有人建议在进教堂之前先喝上一杯。因为这是个严肃的时刻,所以他们进入里边的小房间,萨莉的舅舅是有钱人,他叫了六罐啤酒。

"觉得有点紧张吧,哈利?"他的朋友问。

"不,"哈利说,仿佛他已经习惯于一生天天做新郎似的;"就是热一点。"

"祝你身体健康,萨莉,"她母亲举杯说;"这回是我最后一次称你姑娘了。"

---

① 新娘出嫁时似有扔旧鞋的风俗。

“愿她像你一样做个好妻子，”萨莉的舅舅说。

“嗯，我想我的老头儿对我从来没有一句抱怨的话。我尽到了我对他的责任，虽然这是我自己说的。”那位善良的老太太说。

“好吧，朋友们，”哈利的哥哥说，“我看时间差不多，要进教堂了。所以我这儿向亨利·阿特金斯①和他未来的夫人敬一杯，祝他们身体健康。”

“还愿上帝保佑他们！”萨莉的母亲说。

然后他们进入了教堂。

在他们严肃地在通道上向前走去的时候，一个脸色苍白的年轻副牧师从法衣室里出来，走到圣坛脚下。

啤酒对他们纷乱的心情有镇定作用，这会儿哈利和萨莉俩都觉得这玩意实在是大笑话。他们相视微笑，碰到礼拜式中有些他们觉得有暗示性处，彼此用臂肘猛触对方的肋骨。到要拿出戒指的时候，哈利在一只只口袋里乱摸。他哥哥在旁轻声地说——

“该死，他准丢掉了！”

然而一切还是顺利进行。萨莉小心翼翼地放好了结婚证书之后，他们走出教堂，又去喝一杯酒，庆祝这大喜事。

晚上，丽莎和几个朋友来到这对新人屋里。他们的新房就借在萨莉原来住的同一幢房子里。他们喝酒祝贺新郎新娘身体健康，直闹到他们认为该是告辞了的时候。

① 即哈利；“哈利”是“亨利”的昵称。

第十章

十一月。风和日丽的季节过去了,随之而去的是吉姆和丽莎的爱情的欢乐。

他们夜里来到亚尔培堤,只觉得阴沉寒冷;有时薄雾笼罩着河岸,使一盏盏灯光朦朦胧胧地化成一个个大光圈;又时常下着小雨,阴冷入骨。路上偶有行人,撑着伞,眼睛直盯着前方,匆匆在阴湿和寒冷中走过;时而一辆出租马车很快地经过,两边泥浆飞溅。

那些凳子都空着没人坐,除了或许有个把无家可归、又没钱找个地方投宿的可怜人,蜷缩在角落里,头钻在胸窝里,死人般地沉睡着。

湿的泥浆把丽莎的裙子粘她腿上,潮气从腿上渐渐侵袭到全身,终于使她噤战不止,为了得到一点暖气,紧紧贴着吉姆。

有时候他们跑进滑铁卢①或查林广场②车站的三等车候车室,坐在那里,但那儿不像夏夜的公园和河堤。那儿暖和,可是热气使他们潮湿的衣服蒸发出难闻的味儿,煤气灯耀眼睛,而且他们讨厌那川流不息地出出进进的人,一开门就是一阵冷风,他们讨厌车站管理员和脚夫们叫喊"开车了"的喧嚷和机车刺耳的汽笛声,讨厌那一片忙乱、嘈杂和烦嚣。

到十一点钟光景,来往火车少了,他们可以安静一点,可是他们心神不宁,感到烦闷、忧伤、痛苦。

有一天晚上,他们坐在滑铁卢车站的候车室里。外面是大雾——十一月份的黄色的浓雾弥漫着整个候车室，直往肺里钻，它叫人嘴里苦涩，眼睛刺痛。此刻是十一点半左右，车站上异常地清静：几个乘客穿着大衣、围着围巾，踱来踱去，在等待末班火车，一两个脚夫站在那里打呵欠。

丽莎和吉姆在那儿闷坐了一个钟头，彼此没说过一句话；两个人都抑郁不欢，好似头脑里压着沉重的铅块。

丽莎身子向前倾着，臂肘撑在膝盖上，双手捧着脸。

“我能堂堂正正地做人该多好，”她终于说，眼睛也不抬一抬。

“是啊，你为什么不跟我在一起？那样你不就好了吗？”他回答。

“不，那不行，我不能那样做。”

他几次三番要求她干脆跟他住一起去，然而她始终不答应。

“你可以跟我一起住，我到霍洛韦③去租间屋子，我们在那里一起住，就像结了婚的一样。”

“你的工作怎么办？”

“我能在这里找到工作，也能在那边找到工作。我对现在的情况实在受不了啦。”

“我也是；可我不能把我妈丢下。”

“她可以一起去嘛。”

“我没有结婚，不能叫她去。我不愿意让她知道——知道我走错了路。”

---

①② 滑铁卢和查林广场都在伦敦中部，泰晤士河旁。

③ 霍洛韦在伦敦北部，离威斯敏斯特桥大道很远，那里有著名的女犯监狱，作者似乎随便写个地名，却有讽刺的意思。

“我跟你结婚。天啊，我是日思夜想正要跟你结婚呀。”

“你不能；你已经结婚了。”

“那没有关系！要是我每个月工钱里拿出一点给我老婆，她会签字立凭据，放弃她对我的一切要求的，那样我们就好结婚了。有个和我在一起干活的人就是那样做的，什么都解决。”

丽莎摇摇头。

“不，我现在不能这样做；这要犯重婚罪，警察把你抓去，你要吃官司，服一年苦役。”

“但是，天晓得，丽莎，我没法一直这样下去。你知道我那老婆——该死的，她毫无疑问知道你和我搅在一起，她都在我面前说穿了。”

“她不会说穿吧？”

“嗯，她并不明说，可她发脾气，不睬我，而当我说了什么的时候，她就跟我吵，什么都挖空心思地骂得出来。我要狠狠揍她一顿，可我又不大想动手！她把一个家闹得变成了我的地狱，我实在忍受不下去啊！”

“你只好忍耐；你没有办法。”

“有办法，我有办法，那就是你跟我走。我看你根本不喜欢我，否则你准跟我走了。”

她转身向他，双臂抱着他的脖子。

“你知道我喜欢你的，我亲爱的，”她说。“你是我天下最喜欢的人，但是我不能丢下我妈走掉呀。”

“我真不懂为什么；她从没有好好待过你。她要你做死做活给她付房租，而她挣的钱全部喝酒喝掉。”

"的确,她对我从来不是个你说的好妈妈——可是她总是我的妈妈,我不愿把她一个人丢下不管,而且她年纪这么大,患着风湿又不能多做什么事。再说,亲爱的吉姆,不光是我妈,还有你自己的孩子们,你不能丢了他们。"

他想了想,然后说——

"你这话也对,丽莎;我恐怕是丢不下他们。要是我能带着他们,也带着你,一起走,老天爷,我才开心哪。"

丽莎苦笑了一下。

"所以你瞧,吉姆,我们的处境真糟透了,我竟毫无办法。"

他把她抱在膝盖上,紧紧搂住她,长长地热情地吻着她。

"唉,我们只得听天由命,"她又说,"或许就会有什么转机,最后一切都好——到时候一个铜币买四团绒线。"

时间已过十二点,他们分手了,各自沿着阴暗、潮湿、阒无人影的道路,分头回到维尔街去。

丽莎觉得这条小街似乎跟三个月前完全两样了,谦卑地爱慕她的汤姆已经在她生命中消失了。

还是在八月公假日过后三四个星期的某一天,她曾经看见汤姆徘徊在人行道上,她顿觉好久没有见他了。只是当时她满怀欢乐,除了吉姆之外,谁都不在心上。她不知汤姆到哪儿去了,因为在过去,无论她到哪里,汤姆总也在那里。

她经过他身边,可是他并不理她,这使她大为惊异。

她想会不会碰巧他没有看见她,不过她明明觉得他的目光注视着她。

她回过头来,他突然低头往下看,仿佛没看见她似的向前走去,可是面孔涨得通红。

“汤姆,”她招呼他,“你怎么不理我?”

他愣了一下,面孔涨得更红了。

“我没看到你,”他回答。

“别对我装蒜,”她说;“到底怎么回事?”

“我也不知道,”他勉强地说。

“我没有得罪你吧,汤姆?”

“不,我没有觉得,”他回答,很沮丧的样子。

“你这一阵子一直不来接近我,”她说。

“我不知道你要和我见面。”

“去!你知道我同喜欢别人一样喜欢你。”

“你喜欢的人太多了,丽莎,”他涨红着脸说。

“你这是什么意思?”丽莎气愤地说,但是脸也涨得很红;她怕他这会儿都知道了,她是特别不愿意让他知道的。

“没有什么,”他答道。

“一个人说这话不会没有意思,除非他是该死的傻子。”

“你说对了,丽莎,”他回答,“我是个该死的傻子。”

他对她瞥了一眼,她觉得他目光里带有责骂的意思。他接着说了声“再见”,转身就走了。

开始她很怕他知道了她对吉姆的爱情;后来她觉得也无所谓。毕竟,这不关别人的事,只要她爱吉姆、吉姆爱她,有什么关系?

然后她又恼恨汤姆怀疑她;他除了有几个人曾经在沃克斯霍尔附近看见她和吉姆在一起之外,别的什么也不会知道。她以为他凭这一点对她大惊小怪,十分可恶。

从那一回之后，她遇上汤姆就回避他。他从不想对她说话，但是她经过他身边的时候，尽管他装着看她前面的样子，她看得出他每次都脸红，同时总觉得他眼睛里流露着非常悲伤的神色。

过了几个星期，她越来越感觉到在小街上怪孤寂的。她懊悔那回跟汤姆吵嘴。她想到失去了他的忠实而温柔的爱情，哭泣起来，她真想跟他重归于好。

当时只要他主动有些表示，她马上就热情欢迎他了，而她又是那么高傲，不肯自己去要求他原谅她——不过，他怎么能原谅她呢？

她也失去了萨莉，因为她一结婚，哈利就叫她放弃了厂里的工作。他是个足以当国会议员讲一篇大道理的人，他说——

“女人的位置是在家庭里。如果一个男人不能养活老婆，非要她到厂里去做工——那末，我只能认为他还是做光棍的好。”

“这也对，”他的丈母娘同意；“而且她很快就有孩子要照顾，这我是比什么人都有体会，我生过十二个孩子，还不算两个死胎和一次流产。”

丽莎很羡慕萨莉的幸福，因为新娘快活得又是唱歌，又是欢笑，简直乐不可支。

“我很幸福，”她在结婚的几个星期后有一天对丽莎说。“你不知道哈利多好。他真是个宝贝，没错的。我不管人家怎么说，我说没有比结婚更幸福的。他嘴里从没有一句恼火的话。我妈三顿都在我们这儿吃，他说这再好也没有。嗳，我真是快活得东南西北也分不清了。”

奈何好景不长！

后来丽莎碰到她，萨莉可就不是那么喜满胸怀了。有一天她眼睛很像是哭过的样子。

“怎么啦?”丽莎瞧着她。“怎么你眼睛都哭肿了?”

“我?”萨莉说,一阵脸红。“噢,我有点牙痛——我真有点傻,牙痛得厉害,我不禁哭了。”

丽莎对这回答不满意,可也没法再问出什么来。

后来另有一天,这才真相大白。

那是个星期六的夜晚,是维尔街上女人哭泣的时候。

丽莎在到威斯敏斯特桥大道去碰头吉姆的路上,顺便到萨莉屋里去看看她。哈利租的是间顶层的后房,丽莎爬到第二座楼梯时,照例叫道——

“喂,嗬,萨莉!”

房门不开,虽然丽莎看得出房间里面灯亮着。她听见呜咽的声音,所以她到房门口,站停了脚。她听了一会,然后敲敲房门,里面一阵慌张,接着有人叫着答应——

“谁啊?”

“就是我,”丽莎说,推门进去。她踏进房门,只见萨莉急忙揩揩眼睛,把手帕拿开。她母亲坐在她旁边,显然在安慰她。

“发生什么事啦?”丽莎问。

“没事,”萨莉回答,拼命屏住了哭泣,低下了头,不让丽莎看见她眼眶里的泪水。但是泪水还是直涌而出,她迅速拿出手帕,掩着面孔,伤心地抽噎起来。丽莎向她母亲疑问地望望。

“啊,又是那个家伙!”老太太说着,仰天长叹。

“不是哈利吧!”丽莎惊异地说。

“不是哈利?——不是哈利又是谁!那个流氓!”

“他干出了什么来啦?”丽莎又问。

“打她,这就是他干出来的!啊,这个流氓,他该为自己害臊——应该害臊!”

“我原先不知道他是那样的人!”丽莎说。

“你不知道?我想现在整条街上都知道了,”库柏老太太愤恨地说。“唉,他真不是个东西!”

“这不是他的错,”萨莉抽抽搭搭地哭着插嘴说,“他只是因为多喝了一口。他不喝醉的时候是好好的。”

“多喝了一口!我看他也确实是多喝了一口,这畜生!我要是个男的,我要好好教训他一顿。他们都是那个样子——做丈夫的都是一样;有时候他们不喝醉,确是好好的;可一喝醉就是畜生,没错的。过去我也有丈夫,一起生活了二十五年,所以我懂得他们。”

“不过,妈,”萨莉抽噎着说,“这回全是我不好。我该早些回家的。”

“不,这根本不是你的过错。你瞧瞧这里,丽莎:这是他干的,还说自己算是个男子汉。就只因为萨莉出去和隔壁麦克劳德太太聊了会天,回到屋里,他就把她乱打。还打我,你倒想想看!”库柏太太气愤得脸都发了紫。

“是的,”她继续说,“这就叫男子汉。当然我总不见得站在那里,眼看我女儿被乱踢乱打吧?他又骂我,用拳头打我。瞧这里。”

她撩起袖子,露出两条又红又强壮的臂膊。

“他打伤了我的手臂;我起初还当打断了呢。要不是我举起臂膀来,他会打在我头上,甚至把我打死了的。

“我对他说,‘你敢再碰碰我,我报警察局去,我报警去!’

"嗨,这一下他可有点害怕了,我就这样放过他吗!

"'你还说自己算是个男子汉,'我说,'你还不配去通阴沟呢。'

"你没听到他说的下流话。'你这肮脏的老太婆,'他说,'你滚开;你老是跟我缠不清。'我实在不高兴重复他说的话。

"我对他说,'我女儿不做你老婆多好,我早知道你是这个样子,我死也不会让她嫁给你。'"

"唉,我也想不到他是这样的!"丽莎说。

"开始的时候,他很好的,"萨莉说。

"是啊,他们开始的时候总是很好的!可是你想想看,现在他们结婚还不到三个月,第一个孩子还没生下,已经闹到这个地步!真丢人哪!"

丽莎继续待了一会,帮着安慰安慰萨莉,可怜她始终把这回吵架的过错拉在自己身上。

最后她向萨莉道了晚安,祝她今后幸福,自己赶去会见吉姆了。

她到了约好的地点,没看见他。她等了好一会,才看见他从附近一家小酒店里出来。

"晚上好,吉姆,"她跑到他面前招呼他。

"你到底来了,是不是?"他回过头来,粗暴地说。

"怎么了,吉姆?"她怯声怯气地问,因为他以前从来没有这样对她说话过。

"你好哇,叫我整夜地等着你出来!"

她知道他喝了酒,她用歉疚的口气回答说——

"对不起,吉姆,我到萨莉那里去弯了弯。她男人打了她一顿,所以我陪她坐了一会。"

“打了一顿吗？也是活该；该好好打的女人多着呢！”

丽莎不响。他朝她看看，然后忽然说——

“一起去喝一杯。”

“不，我不渴，我不想喝，”她回答。

“一起去，”他凶狠狠地说。

“不要去了，吉姆，你已经喝得够多了。”

“你在对谁说话？”他说。“你不去就不去，我一个人去喝一杯。”

“不，吉姆，不要去。”她拖着他的手臂。

“我要去，”他说着，往小酒店走去，丽莎拖住他。

“让我去，你让我！让我去！”他猛力把丽莎甩开。她还想去拖住他，他推开她，在你拉我扯的当儿，他给她扑面一拳。

“噢！”她说，“你打得我好痛！”

他顿时清醒了过来。

“丽莎，”他说。“我没有打痛你吧？”

她不作声，他把她抱在怀里。

“丽莎，我没有打痛你吧，没有吧？说我没有打痛你。我很遗憾，我求你原谅我，丽莎。”

“好，亲爱的，”她说，对他温柔地微笑着。“这一拳倒没什么，你说话的口气和态度叫我心痛。”

“我是无心的，丽莎，”他很后悔，尽量低声下气地说。“今夜我跟老太婆又大吵了一场，跑到这里又看不见你，尽等着等着——唉，我实在恼火了。因此我去喝了两三品脱四便士半的啤酒——我自己也不知道——”

“不要紧,亲爱的,只要你爱我,更厉害的我也受得了。”

他吻她,他们又完全和好了。

不过,这一场小吵架对丽莎有更坏的影响。

当她第二天醒来的时候,她觉得左眼底下的面颊骨上有点痛,朝镜子里一看,原来是又黑、又青、又绿的一块。她把它洗刷也洗刷不掉,而且似乎反而更加显著。她生怕人家看到,所以在家里躲了一整天,可是第二天这一块更黑得厉害。

她到厂里去的时候,把帽子盖着眼睛,把头沉得低低的,总算没被人发觉。但是她在回家的路上,没有这样运气。有几个姑娘目光锐利,首先发现。

“你的眼睛怎么了?”一个姑娘问。

“我?”丽莎应道,假装糊涂,伸手摸摸。“我不知道嘛。”

有两三个年轻小伙子站在旁边,听到了那姑娘说的话,也注意到了。

“呀,你眼睛青肿了,丽莎!”

“我? 我眼睛没有青肿!”

“青肿了;怎么会青肿了的?”

“我不知道,”丽莎说。“我不知道我眼睛青肿。”

“得了! 你再说谎吧!”这是她得到的回答。“没有人会眼睛青肿了而不知怎么青肿的。”

“哦,我昨天确实在五斗橱上撞过一下,准是那一撞撞出来的。”

“原来如此,我们才相信哪;不是吗?”

“我倒不知道他的拳头有这么厉害,你本来知道吗,特德?”一个男的问另一个男的。

丽莎觉得从脸上一直红到了脚趾尖。

“你们说谁?”她问。

“你别管,你不认识的。”

这时候,吉姆的妻子走过,她对丽莎恶狠狠地看看。丽莎恨不得自己远在一百英里外,脸涨得更红了。

“你为什么脸红了?”那些姑娘中的一个爽快地问。

他们的目光从丽莎身上移到布莱克斯顿太太身上,又重新移回来。

有一个人说,“这下我们该穿起节日的皮靴,庆祝我们胜利了吧?”大伙嗤嗤地窃笑。

丽莎的神经支持不住了;她一句对答的话也想不出来,突然哽咽起来。为了不让人看见她夺眶而出的眼泪,转身就朝家里走。

人群中立即爆发出一阵喊叫和哄笑,直到她走进屋里,还清清楚楚听得见他们的尖叫。

第十一章

过了几天，丽莎跟萨莉在谈天，萨莉似乎没有丽莎上次看到她的时候那样快活。

“他不像我原先所想的那样，”她说。“我不妨这样说；不过他有许多地方也忍受着；我看有时候是我不好，而他心眼儿倒是不错的。也许孩子生了下来，他会待我好些。”

“开心点，萨莉，”丽莎看到过不少夫妻生活情况，她回答说。“你习惯之后就不会觉得那么糟糕，开始时候是令人失望的，但慢慢地你就不放在心上了。”

谈了一会，萨莉说她必须走了，要去准备她丈夫的茶点。

她说了再见，接着有点为难地对丽莎说——

“嗳，丽莎，你自己小心！”

“我自己小心——为什么？”丽莎诧异地问。

“你明白我的意思的。”

“不，我实在不明白。”

“就是那边那个布莱克斯顿太太，她在候着你。”

“布莱克斯顿太太！”丽莎吓了一跳。

“是的，她说只要她能抓到你，她就打你。我劝你小心些。”

“我？”丽莎说。

萨莉回转头，故意不朝丽莎的脸看。

“她说你跟她的老头儿搅在一起。”

丽莎默不作声，萨莉重又说了声再见，转身就走了。

丽莎感到一阵彻骨的寒噤。她不止一次看到布莱克斯顿太太那副杀气腾腾的怒容。她总是尽量回避她，但是她没有想到这个女人要对她怎么样。

她害怕极了，满脸淌着冷汗。

如果她被布莱克斯顿太太抓到，她将毫无办法，她又小又瘦弱，而那一个是又大又强壮。她不知万一被她抓到了怎么办。

那天夜里，她把这话告诉了吉姆，说得像是个笑话似的。

“我说，吉姆，你的老婆——她说她如果找到我，要送些袜子给我穿穿。①”

“我老婆！你怎么知道?”

“她在街上对人家说。”

“好吧，”吉姆说，火冒三丈地，“她敢碰你一根头发，我就揍她，叫她知道我的厉害！老天爷，给我机会，我要教训教训她，我对她那老是直眉瞪眼的样子恨透了！”他一面说，一面握握拳头。

丽莎是个胆小的姑娘。冤家的威胁始终盘旋在她头脑里，她吓得不大敢出门，只怕碰上了她。她提心吊胆地一直朝前看着，一看见远处有像布莱克斯顿太太的人，就急忙转身。她夜里做梦也梦见她，她看见那个高大、强壮的身影、那横眉怒目的凶恶的脸相，还有那编成一条条辫子的古怪的棕色头发；她时常急哭着醒来，一身大汗。

① “送袜子给我”原文 give me socks，在俚语中是“狠揍我”的意思；这里是戏谑的双关语。

在这之后的一个星期六下午。十一月的阴湿天气,路上泥泞,天空灰蒙蒙的,使人精神萎靡。

三点钟光景,丽莎放工回家,走进维尔街,正匆匆往屋里走,忽然看见布莱克斯顿太太迎面过来。她吓了一大跳。

她连忙回头走。她从眼角里看到,她背后被那个女人盯着,所以她一直走出了维尔街。她兜了个圈子,目的是想从另一头进入这条小街,她家就在那边口头,她可以不让人看见,溜回家里。

可是她不敢立刻冒险兜入小街,因为她怕布莱克斯顿太太候在那里;所以等了约摸半个小时。这半个小时不知有多长。

最后她鼓足勇气,拐过转角,走进了维尔街。她差一点和布莱克斯顿太太撞了个满怀,原来她正站在那小酒店门口附近。

丽莎一声惊叫,那女人嘲笑她说——

“你没料到会碰上我,没料到吧?”

丽莎不答理,只想经她面前走过去。

布莱克斯顿太太跨前一步,挡住了她的去路。

“你好像怪急匆匆的,”她说。

“是呀,我要赶回家去,”丽莎说,又想走过去。

“可要是我不让你去呢?”布莱克斯顿太太拦住她。

“你干吗不放我走?”丽莎说。“我没有碍你事!”

“没有碍我事,你没有吗?那就好!”

“让我过去,”丽莎说。“我不要跟你说话。”

“你不要,我知道,”那一个说,“可我要跟你说话!让我把要对你说的话都说了,才放你过去。”

丽莎四面看看,寻求解救。

吵闹刚开始的时候，小酒店周围闲荡的人们只是好奇地看看，后来逐渐聚成了一个小圈子。过路行人加入进来。街上其他的人看见一群人，也赶来看热闹。

丽莎看见所有人的眼睛都盯着她，男的感到有趣和起劲，女的不但不同情她，而且极为愤慨。丽莎想要求人救助，但是人那么多，而且他们都好像对她那么反感，所以她实在没有求救的勇气。

她向周围的人群环视了一圈、转脸瞧着布莱克斯顿太太。丽莎站在她面前，浑身发抖，脸色惨白。

“他不在，他不在这儿，”布莱克斯顿太太嗤笑着对她说，“所以你不用找他。”

“我不懂你什么意思，”丽莎回答说。“我要走。我没有碍你什么。”

“没有碍我什么？”那女人勃然大怒，重复她的话说。“我来告诉你，你碍了我什么——你把我的丈夫夺了去，你夺去了我的丈夫。你没把他夺去之前，我跟我丈夫从没吵过一句嘴。现在全是你，你跟他搅在一起，他没有时间顾自己的老婆、顾自己的家——全是你。还有，他的钱。我一个子儿都拿不到；要是没有我早先在银行里储蓄了的那点钱，我和孩子们都要饿死了！这一切都是你造成的！”

她对她挥挥拳头。

“我从没有拿过任何人的钱。”

“别跟我说；我知道你拿了。你这臭狗娘！你该自己晓得不要脸，勾搭结了婚的男人，破坏人家的家庭，人家男人年纪又大得好做你的爷老子。”

“她这话说得对！”旁边有两个女人说。“她跟别人的丈夫胡搅，不会有好处。”

“我要给你颜色看！”布莱克斯顿太太继续说，越说越激昂，越冲动，挥舞着拳头，因狂怒而叫喊得嗓子也发哑了。“我这四个星期来一直在候着你。哼，你这婊子——你就是婊子！”

“我不是！”丽莎气愤地回答。

“你是的，你是婊子，”希莱克斯顿太太重复说，咄咄逼人地走前一步，丽莎只得后退。“而且，他也把你当婊子。我知道你这眼睛是谁打青的，这就表明他是把你当什么的！他就是把你两只眼睛都打得又青又肿，也是活该！”

布莱克斯顿太太直站在她面前，坚实的下颌突出着，竖起墨黑的眉毛，凶相毕露。她站着沉默了一会，打量着丽莎，这会儿周围的人屏住了呼吸，看得紧张。

“你这肮脏的小狗娘，你！”她终于又开口了。“尝尝这个！”她张开手掌，向她面颊上啪的一记响亮的耳光。

丽莎哇的一声，倒退一步，用手捧住了面颊。

“再来一个！”布莱克斯顿太太说着，又是一巴掌。然后她在嘴里攒了一口唾沫，吐了丽莎一面孔。

丽莎纵身向她扑上去，张开手指，像爪子般地深深掐进那女人的脸皮里，然后顺着面颊往下抓。布莱克斯顿太太用双手揪住她的头发，拼命地拉。可是她们一会儿就被拖开了。

“停！停！”男人中间有几个说。“要规规矩矩地打。不能这样乱抓乱拉。”

“我跟她打；打好啦！”布莱克斯顿太太卷起袖子，野蛮地注视着她的对手。

丽莎站在她面前，脸色惨白，浑身发抖。她看看她的敌人，看看她抓出来的一条条血红的指甲印，有两条还在流血，她吓退了。

“我不要打，”她嘶哑地说。

“你不要打，我知道你不要打，”那一个发着嘘声说，“可是我非要你打不可！”

“她比我高大多少，我怎么打得过，”丽莎眼泪汪汪地加上一句。

“你早该想到这一点。来吧！”说着，布莱克斯顿太太又冲上去。她用两个拳头一个连一个地猛击丽莎。

丽莎不是招架，而是学那女人的样，也用两个拳头回击。她们这样连续一两分钟，两人都像风车似的挥拳打对方。但是丽莎敌不过她强劲的手把子，满头满面挨着来得又重又快的拳头。

她举手遮住了脸，扭转了头，听任布莱克斯顿太太无情地毒打。

“暂停！”几个男人喊道——“暂停！”于是布莱克斯顿太太停下来休息一下。

“让她们两个对打不大公平。丽莎不是那么个高大的女人的对手，”人群中有一个男人说。

“嗯，这怪她自己不好，”一个女人反驳道，“她不应该和那个女人的丈夫胡搅。”

“不过，我觉得不对，”另一个女人又说，“她挨打得太厉害了。”

“她这也活该！”一个女人说。“她罪有应得，而且得到加倍的惩罚。”

“对啊，”又一个女人说；“一个女人不应该勾搭别个女人的丈夫。干了这种事，挨一顿打就算数，还是太便宜了她——照我看来。”

“我也是这样看法。不过我没有想到这会是丽莎。我从来没想到她是个坏东西。”

“她这个榜样很好!”一个矮小的黑黝黝的女人说,看上去她是犹太人。“要是她跟我的老头胡搅,我就杀死她——我发誓非杀死她不可!”

“既然她勾搭了一个,今后她就要勾搭另外的——你瞧着吧。”

“她识相点不要走近我们家;我也要教训教训她。”

他们这样你一句我一句的时候,丽莎始终站在这圈子的一个角落里周身发抖,伤心地哭泣着。

她的一只眼睛肿了起来,头发乱七八糟地披在面孔上。

两个小伙子以决斗中的助手自居,站在她面前,颇有讽刺意味地安慰着她。一个拎起她的围裙的下角,给她打扇,另一个比划着教她站立和举臂的姿势。

“你要顶住她,丽莎,”他在说,“退缩不行,你只会更加吃亏。你要还击。打她鼻子,你瞧,就像这样;你必须拿出点劲头来,你知道。”

丽莎竭力屏住啜泣。

“对,要打得重,你必须打得重,”另一个说。“如果她占着上风,你就扭住她,揪她的头发,抓她的脸。”

“你已经抓了她许多指甲印,丽莎。她向你啐唾沫的当儿,你确是猛扑上去了! 就该那样干!”

他又转向他的同伙说——

“你记得去年我们街上格雷格老大娘跟另一个女人打架的那一

场吗?”

“不,”他说,“那一场我没看到。”

“那才精彩哪;后来警察来,把她们都抓了起来。”

丽莎巴不得警察来把她带走;她宁愿进监狱,逃开她面前的恶煞;奈何救星不来。

“休息时间过了!”裁判员喊道。“继续开打!”

“当心警察!”有个人喊道。

“不用担心警察,”另外一个人回答说。“他们看见发生着什么事情,总是躲躲开的。”

“继续开打!”

布莱克斯顿太太疯狂地猛击丽莎;而这姑娘勇敢地站着,一边挨打,一边拼着命还击。

观众们看得有劲极了。

“又打中一拳!”他们叫嚷。“再给她一拳,丽莎,好,这一拳打得好! 狠狠打!”

“二比一,老的领先!”一位爱好运动的先生叫道;丽莎觉得观众不在她一边。

“这回她拼起命来,不是还顶得住吗?”有人大声说。

“哦,她有点劲头,她有!”

正在这时候,布莱克斯顿太太一拳打中丽莎的鼻子。

“这一拳定局了!”他们大叫起来,看看那姑娘摇摇晃晃倒后去,鼻血直淌。

她愤怒得发了疯,一切恐惧都消失了,向她的敌人直扑上去,拳头像雨点般落在对方鼻子上、眼睛上、嘴巴上。那个女人在这突然的猛攻面前退缩起来，于是那些男人们又叫道——

“天哪，小的占优势了！”

但是那个女人很快就镇定下来，扭住丽莎，用指甲深深掐入她的肉里。丽莎狠命抓住她的头发，张开牙齿对着布莱克斯顿太太，要咬她。

她们这样扭来扭去，抓呀，撕呀，咬呀，两个人互相盯住，眼睛里充满了血和愤怒。观众喝彩、呼喊，拍手叫好。

“出了什么事？”

“喂，瞧，”女人中间有人低声说。“她丈夫来了。”

他踮起脚尖，从人群后面抬头看。

“我的天哪！”他说，“是丽莎！”

他粗暴地把人们推开，从人群中挤到圈子中央，插入那两个女人中间，把她们一把拉开。他恶狠狠对着他老婆——

“好哇，我要好好教训你！”

接着，他们三个人面面相觑，沉默了一会。

另一个男人被这人群吸引了过来。他也挤到了里边。

“回家去，丽莎，”他说。

“汤姆！”

他挽着她的手臂，搀扶她走出给她让路的人群。

他们默默无言地沿着小街走去，汤姆十分沉痛，丽莎哀哀啜泣。

“噢，汤姆，”她走了一段，抽噎着说，“我不由自主！”然后她泪如潮涌，“我实在爱他呀！”

他们到达她家门口时，她用哀求的口气说，“进来。”他跟着她到了她房间里。

一到屋里，她在一张椅子上倒下，大哭起来。

汤姆拿块手巾，把一端蘸湿了，给她揩干净粘着血和眼泪的面孔。她让他揩，只是抽抽搭搭地呻吟着——

“你待我真好，汤姆。”

“打起精神来，好姑娘，”他亲切地说，“现在一切都过去了。”

过了一会，放纵的啼哭停止下来了。她喝了些水，然后拿起一面破镜子，朝自己照照，哀叹道——

“我变成了这个模样！”

她开始把头发盘起来。

“你待我真好，汤姆，”她重复说，依然是抽抽搭搭地。他在她身旁坐下，她握住了他的手。

“不，我没有做什么，”他回答；“这只是任何人都会做的。”

“你知道，汤姆，”稍稍沉默后，她说，“上回我在街上碰到你的时候，对你说话不大客气，我很对不起你；你从此没跟我说过话。”

“哦，现在这些都成了过去，好姑娘，我们不必再去提它。”

“啊，可我待你不好。我是个十足的坏东西，的确。”

他默不作声地捏捏她的手。

“我说，汤姆，”又停顿了一下之后，她说。“你早已知道那个事情吗？——在今天以前你已经知道了吗？”

他涨红了脸回答说——

“是的。”

她非常悲伤地慢吞吞地说——

“我早就料到你已经知道；我每次碰到你的时候，总看见你那么垂头丧气似的。你当时是爱我的，汤姆，是不是？”

“我现在也爱着你，亲爱的，”他说。

“呵，现在太晚了，”她叹息。

“你知道吗，丽莎，”他说，“我差些踢死一个人，就因为他说你跟他——有关系。”

“事实上，你是知道我确实是的。”

“是的——不过我不愿任何人在我面前说这个话。”

“除了你，汤姆，他们都跟我不对。当时你向我求婚，我答应了你就好了；我答应了你，不会落到今朝的地步。”

“那末，现在你答应吗？你答应要我吗？”

“我？出了这事情之后？”

“哦，我不把这放在心上。只要你嫁给我，我无所谓。我没有你简直没法生活，丽莎——你肯答应吗？”

她呻吟了一声。

“不，我不能，汤姆。这不行。”

“如果我不介意，有什么不行？”

“汤姆，”她说，沉着头，声音几乎在喉咙里，“我已经有——你知道！”

“有什么？”

她这话实在难以出口——

“恐怕我已经有孕了。”

他打了个顿；然后他还是说——

“唔——只要你嫁给我，我无所谓。”

“不，我不能，汤姆，”她突然放声大哭，“我不能，可你偏又待我这样好；我愿作出一切来补偿你的恩情。”

她用双手攀着他的脖子,身子滑到他膝盖上。

“你知道,汤姆,我现在没法嫁给你了,可是你要我怎样——随便你另外要我怎样,我都愿意,只要使你快活。”

他不懂丽莎的意思,而只是说——

“你真是个好姑娘,丽莎,”他俯下身去在她脑门子上庄重地亲了个吻。

他叹了口气,把她扶起来坐好,自己站起身来走了。

她在他把她放下的位子上坐了一会,回想她所经过的一切,孤寂和悲怆使她心情沉重得不禁泪如泉涌。她扑倒在床上,把脸埋在枕头里。

刚才丽莎跟汤姆一起走开的时候,吉姆瞧着丽莎,而他的妻子用妒忌的目光盯视着他。

“你是在想着她。我知道,你当然最好是自己送她回家去,而全不管我。”

“住口!”吉姆气势汹汹地对她说。

“我偏要说,”她提高了嗓门回答。“你这个丈夫好哇! 哼,好极啦! 丢下老婆和孩子去搞那么个东西! 你又是这么一把年纪! 你该觉得羞耻。哼,就像跟你自己的女儿在胡搅!”

“你听着!”他愤怒得咬牙切齿,“你再跟我啰唆,我一脚踢死你!”

“你们瞧!”她对着众人说,“你们瞧,他是怎样对待我的! 你们听我说! 我做了他二十年的妻子,你们哪儿也找不到更好的妻子;我替他生了九个孩子,一次流产还不算,现在又一个快生下来了,而他这样待我！真是个好丈夫，呸！"

她鄙夷地看看他，接着又面对着周围的人们，仿佛在要他们发表意见。

"我可不要在这里待到天亮；别跟我胡闹啦！"他把挡住他去路的人们推开；有两个对他的粗暴喝了一声，看看他的凶相，也不敢响了。

"你们看他！"他的妻子说。"他害怕了，他害怕。看他像条杂种狗，夹着尾巴溜了。呸！"她跟在他背后，挥舞着臂膀嚷着。

"你这下流的畜生，你，"她叫骂道；"去跟个小丫头胡搅！呸！我但愿你不是我丈夫；我掉在水里，也不愿被人看见跟你淹死在一起。我看见你都恶心。"

人们在街路两边跟着他们，小心保持着一定距离，但始终认真听着。

吉姆有一两次回过头来对她说——

"住口！"

可是这反而给她火上加油。

"我告诉你，我偏要说。我不怕人家知道，知道你是——，你是！我为孩子们有你这样一个做爹的而羞耻。你以为我不知道你那些夜里在干些什么吗？——吊膀子，你，你在吊膀子！你这个好男人，你！"

吉姆闷声不响，只是向前跑。终于他转过身来，对跟着的人们说——

"喂，你们跟着干吗？你们好散了，再跟着，我可要给你们点颜色看！"

他们大多是男孩子和妇女，他们听了他这个话，都退回去了。

“他不敢对我说一句话，”布莱克斯顿太太讥笑他。“他真是个宝货！”

吉姆进了家门，她跟在他后面，一直上楼回到房间里。大女儿波莉正在给弟弟妹妹们吃点心。

当他们看到自己的母亲头发、衣裳弄得一塌糊涂，脸上满是结着的血块和长长的指甲痕，全都吓了一跳。

“噢，妈妈，”波莉说，“怎么回事？”

“问他！”她指着她丈夫，回答说。“全是他，叫我得到了这好报应。瞧你们的爸爸，孩子们，你们应该为有这样一个爸爸而骄傲，他把你们丢下不管，让你们饿死，自己拿了一个个星期的工钱，去花在一个肮脏的小婊子身上。”

吉姆此刻看不见周围有那么许多陌生的眼睛瞅住他了，心里轻松了些。

“喂，你听着，”他说，“我忍耐到了头了，你当心点。”

“我不怕你。我知道你恨不得把我杀了，可你杀了我，自己要上绞台。”

“不，我不要杀死你，不过你再要对我这样无法无天，我要打得你个半死。”

“你敢碰我，”她说；“我控告你。我不管你将服多少个月的苦役。”

“闭嘴！”他喝道，同时握紧拳头，对准她胸口狠狠地一拳，把她打得跌跌撞撞。

“好，你——！”她尖声大叫。

她抓起火钳,怒不可遏地向他冲去。

“你来?”他说着,一把抓住火钳,从她手中夺了下来。他把它扔到了房间的另一头,和她扭打起来。

开始他们扭来扭去,扭了一会,他一下把她拎了起来,向地上扔去;但是她扭着他,他扑倒在她身上。她的头砰地撞在地上,她急叫;孩子们缩在一个角落里,吓得也急叫起来。

吉姆揪住他老婆的头,尽往地上撞。

她叫起救命来,“你要杀死我!救命!救命!”

波莉惊慌地奔到她父亲身边,拼命想把他拖开。

“爹,别打她!看上帝分上,千万别打!”

“放手,”他说,“要不,我也揍你。”

她抓住他的臂膊,但是吉姆依然跪在他妻子身上,反手对波莉一拳,把她打得差些仰天翻倒。

“揍你!”

波莉奔出房门,赶到下面二楼前间,那里有两个男人和两个女人坐着在喝茶。

“嗨,你们去制止爸爸呀!”她叫道。“他要把妈妈打死了。”

“怎么,他在怎么样?”

“噢,他把她揿在地上,把她的头往地上撞。他因为她打了丽莎·肯普而在向她算账。”

两个女人中的一个抢上来对她丈夫说——

“快去,约翰,你去制止他。”

“不要去,约翰,”另一个男人说。“男人在打老婆的时候,最好不要去劝解。”

“可是他要打死她了，”波莉重复说，吓得尽是哆嗦。

“没有的事！”那个男人说；“她打过就好；或许她也活该，谁知道。”

约翰坐在那儿犹豫不决，一会看看波莉，一会看看他妻子，一会看看另外的那个男人。

“啊，快呀，快呀——看在上帝分上！”波莉说。

这时候忽然听见楼上砰的什么东西打碎的声音和女人的尖叫。

原来布莱克斯顿太太在拼命摆脱她丈夫的挣扎中，撞到了洗脸盆架子上去，脸盆连架子全翻倒了下来。

“去呀，约翰，”他妻子说。

“不，我不去，我去也没用，他反而会跟我吵起来。”

“唉，你真是个胆小鬼，我只能这样说，”他妻子愤慨地说。“可我不能看着一个女人惨遭杀害，我去制止他。”

说完，她直奔上楼，推门进去。

吉姆正跪在他老婆身上，恶狠狠地打她，而她呢，用双手挡着头和脸。

“住手！”那女人喊道。

吉姆抬头看看。

“你是什么人？”他说。

“住手，我叫你。你这样乱打一个女人，不难为情吗？”

她跳上前去，抓住他的拳头。

“放手，”他说，“否则我就给你几下。”

“你还是别碰我的好，”她说。“你这下流的胆小鬼！哼，你瞧她，她几乎已经没有知觉了。”

吉姆住了手，定睛看看他老婆。他站起身子，踢了她一脚。

“起来！”他说；然而她始终蜷缩在地上，微弱地呻吟着。

二楼上来的那个女人跪倒下来，双手捧起她的手。

“不要紧，布莱克斯顿太太。他不会再碰你。这儿，喝一点水吧。”

她回头转向吉姆，带着无限轻蔑的神气对他说，“你这卑鄙的流氓，你！假如我是个男人，我决不会饶过你。”

吉姆戴上帽子，往门外一走，反手碰上房门；那女人在背后叫嚷：“滚得远些！”

“上帝保佑你，”肯普太太说，“是怎么回事啊？”

她刚回来，走进房门，看见丽莎躺在床上，哭成了个泪人儿，愣了一下。

丽莎没有回答，只是啼哭，仿佛她的心要碎了。肯普太太走上前去，想看看她的面孔。

“别哭，亲爱的；告诉我出了什么事。”

丽莎坐起来，揩干眼泪。

“我好伤心哟！”

“你怎么把脸弄成这个样子啦？唷！”

“没有什么。”

“别瞒我！你好端端的不可能把脸弄得这样。”

“我跟街上那头的一个女人冲突了一下，”丽莎抽噎着说。

“她打你了，你被打得一塌糊涂——瞧你的眼睛！我带回来一小块肉排，准备明天做菜的，你就切下一片，贴在眼睛上面，很快就好了。当年我跟你爹吵架,我自己就用这东西的。”

“噢,我浑身发抖,我的头,噢,我的头痛得可厉害!”

“我懂得你需要什么,”肯普太太点点头说。“我正好有着你所需要的东西。”

她从袋里掏出一只药瓶,拔掉塞子,嗅了嗅。

“这是好货;决不是你们那种烧酒或者加甲醇的酒精。我不大喝这些东西,而我喝起来,总喜欢是最好的好货。”

她把瓶子递给丽莎,丽莎喝了一口还给她;她自己也喝了一口,咂着嘴唇。

“这是好货。再喝一口。”

“不,”丽莎说,“我不会喝烈酒。”

她感到昏昏沉沉的,很难过,头一阵阵剧痛。她但愿能失去了知觉!

“是的,我知道你不会喝酒,不过,上帝保佑你,那东西对你没有害处。它会给你带来说不完的好处。是呀,我常常在觉得实在精疲力竭、无可奈何的时候,喝一点威士忌或者荷兰酒——我倒不一定要哪一种烈酒——一喝就精神振作,不能再灵。”

丽莎又喝了一口,这回稍微多些;它像燃烧着一样从喉咙里下去,一股令人陶醉的热流传遍全身。

“我喝了这东西的确觉得舒服,”她说,停止了哭泣,擦干眼泪,舒了口气。

“我早就知道你喝了就舒服。相信我的话,要是人们都及时喝口烈酒,各种毛病要少得多。”

她们默默坐了片刻,接着肯普太太又说——

“你知道，丽莎，我看我们可以再喝一点。平时你不喝这一类东西，所以我只给自己带来了这一点点，两个人一下就喝光了。但是你好像身体有毛病，我们该多喝一点，肯定对你有好处。”

“可你又没有装酒的大瓶子。”

“有，我有，”肯普太太答道，“我有医院里给我的那个瓶。只要把里面的药往垃圾堆里一倒，洗洗干净，我就自己拿到小酒店去买去。”

丽莎一个人留在家里，开始回顾发生了的事情。她并不觉得像早先那样无限的悲伤，因为她经受的一切似乎已经是遥远的往事。

“毕竟，”她说，“没有什么不得了的事。”

肯普太太回来了。

“再喝一点，丽莎，”她说。

“好，再喝一点也好。我喝它几杯吗？没错，”她喝了些之后，加上一句，“的确提精神。”

“对了，丽莎——对了。你非常需要喝酒。你想想看嘛，你跟那个女人打过架！哦，我年轻时候也打过架，不过我完全不像你这样。但愿刚才我在场，我决不会站在旁边看着自己女儿挨打。我虽然已经过了六十五，快六十六了，我还是要对她说：‘你敢碰我女儿，就得跟我较量较量，你当心点！’”

她挥舞起杯子来，这可提醒了她，她把自己的和丽莎的杯子都斟满了。

“啊，丽莎，”她说，“你真是我们家的后代。我看你坐在那里慢慢地呷酒，仿佛觉得生活愉快得多。本来你常对我很凶，丽莎，就因为我星期六晚上总要喝点酒。你听我说，我倒并不是说我从来没有喝得太多的时候——偶然的事即使在最有规矩的家庭里也是难免的。我要说的是——这个酒真是好货，你听着，它不会对你有坏处。”

“振作起来，好妈妈!”丽莎说，又斟满了两人的杯子，“干杯。我此刻觉得变了个新人。本来我是那么消沉——说真的，索性沉没在河底里倒也干净。”

“没有这话，”她的亲切的母亲说。

“事实如此，我确实是那么想的，可现在我感觉不同了。你说得对，妈妈，一个人在苦恼的时候，没有比喝一点烈酒更好的。”

“是啊，如果我不懂这个，还有谁懂；我所经受的苦恼足以叫许多女人丧了性命。嗯，我生过十三个孩子，你可以想想这多够受。我每生下一个，总说我再也不生了——不过，你知道，说归说，生归生。你今后成了家，丽莎，我看你也会和我一样有那么多的孩子。我们生在一个多子多孙的家庭，确实多，多到了十位数。唯一的例外是你的玛丽阿姨，她只生了三个——不过，她没有结过婚，所以不好算数。”

她们彼此举杯互祝健康。

在丽莎的头脑中，一切都越来越模糊；她神志渐渐不清。

“是的，”肯普太太继续说。“我生过十三个孩子，我为此而骄傲。你可怜的爹常说，这表明是大不列颠民族血统。

“你那苦命的爹，他口才可好，真好，他当时常在议会的会议上发言——我相信他要是现在还活着，准已当了国会议员。

“是啊，我刚才说了，你爹常说，‘我不赞成你少生子女的那一套，我不赞成，’他说。

“他是个有高度道德的人，在政治上是激进派。‘不，’他一讲开了头，就会说，‘一个男人能生十个以上的孩子，表明他有不列颠人的气质。就是这种气质建立起了英国的名誉和光荣！’

“他说，‘当你想到太阳从早到夜都照耀着大英帝国的时候，你不能不感到自豪，不能不在上帝安排给你的行当中竭尽你的责任——而每个人首要的责任是竭尽全力生出越多越好的孩子来。’

“天哪，——他实在能说话，我可以告诉你。”

“喝干它，妈妈，”丽莎说，“你没大喝。”她扬起酒瓶。“我什么都不管；我很快活，我什么别的都不需要。”

“我现在才看到你是我的女儿，”肯普太太说。“以前你常跟我啰唆的时候，要不是我肚子里带过你九个月，我准会当你根本不是我的女儿，而是弄错了的。你想一想就明白，男人弄不清楚，孩子是他自己的，还是别人的，但是在这方面你欺骗不了女人。你不可能把别人的孩子混充是她的。”

“我开始觉得开心起来了，”丽莎说。“我不知为什么，反正我仿佛想放声大笑，笑得腰骨也断掉。”

她唱起歌来——

他真是个好家伙呀——他真是个好家伙！

她衣衫凌乱；满脸抓痕，鼻子底下结着血块；眼睛通红，而且肿得好像闭拢着；头发披散在脸上和肩头。她傻呵呵地，呆头呆脑地斜着眼。

苔西，苔西，我备不起马车，
可你骑在双人自行车上，
包管你照样风光。

她在桌子上打着拍子，高声歌唱。她妈咧开着嘴，灰白的头发蓬蓬松松地披着，放开她粗哑的嗓音一同唱了起来——

啊，黄金的小伙子呀，啊！

后来丽莎又转为忧郁而突然唱起了《过去的好时光》①。

老朋友怎能忘记掉，
不时刻记心上？
……
为过去的好时光。

最后她们俩都渐渐沉默了，不多一会肯普太太发出了鼾声，头搭拉在胸前；丽莎从椅子上跌跌撞撞爬到床上，倒在床上就睡着了。

虽然我喝醉了，我不好，
我求你待我好好的，

① 《过去的好时光》是古老的苏格兰民歌，歌词经苏格兰大诗人彭斯（1759—1796）于一七九四年整理定稿。

瞧我的心里迷惘又沮丧。

上帝啊,让我不要哭泣和哀怨,

给我酒吧,

消除我记忆中的创伤。

给我酒吧!

第十二章

半夜光景丽莎醒来,嘴里又热又干,头稍一移动就是刀劈一般的一阵剧痛。

她母亲当然也醒了,因为她和她同睡一张床,就在她身旁。她衣服也没有穿好,把被褥都裹在身上。

丽莎在这寒冷的夜里瑟瑟发抖,她是脱掉了一部分衣裳——鞋子、裙子和外套——上床的。她想从她母亲那里把毯子拉过来些,可是她一拉,肯普太太就在睡梦中号叫,把被褥裹得更紧。所以丽莎把她搁在床背上的裙子和一条披巾拖来盖在身上,想能够睡去。

但是她睡不着。她的头和手都沸烫,嘴里干得要命。她自己撑起来喝一口水的时候,头痛得倒下身子尽是哼哼地呻吟,躺在那儿心跳得厉害。一阵阵她从没有经受过的异样的疼痛侵袭着她。

然后她骨髓中发出一阵寒冷的颤抖,直透入每根血管,仿佛使血液都凝冻了。她的皮肤皱了起来,她蜷起双腿,缩成一团,紧紧裹着披巾,牙齿格格地打战。她颤抖着用微弱的声音说——

"噢,我好冷,好冷啊! 妈,给我盖一点;我要冷死了。呵,我冻死了!"

但是过了一阵这寒冷似乎过去了,接下来突然一阵火热,脸上烧得通红,一身大汗,热得她把盖着的东西全都掀掉,把头颈里裹着的也都松开。

"我口渴呀,"她说。"噢,要我怎么都行,给我一点水啊!"

没有人听到她。肯普太太又睡熟了，不时发出一声鼾声。

丽莎躺在那儿，一忽儿冷得发抖，一忽儿喘不过气，耳朵边只听得身旁那均匀而粗重的呼吸。她在痛苦中呜咽。

她用力拉拉枕头，说道——

“为什么我睡不着？为什么我不能像她那样睡着呢？”

这里黑暗得可怕；这种黑暗沉重而阴森，似乎用手可以摸得到，她十分恐惧；全凭远处的路灯透过窗口照来微弱的光芒，使她稍微心宽一些。

她觉得这黑夜将永无终止——每一分钟都像是一个小时，她不知将如何挨到天明。

又是一阵她没有经受过的异样的疼痛。

夜依然，黑暗依然，又冷又可怕；她母亲在她身旁大声而着实地打呼。

终于随着早晨的来到，睡眠也来到了。但是这睡眠几乎比醒着更糟糕，因为它带来可憎可怕的噩梦。

丽莎在梦中和她的敌人打架，布莱克斯顿太太越来越高大，而且一个化了几个，她转向哪一面都正对着她。她逃了，她奔着奔着，后来又算起一笔早上没算清的账目来。她从前面加到后面，上面加到下面，这儿加起，那儿加起，这些数字总跟其他东西混在一起，她得从头再算，越算越糊涂，她头脑打转，直到最后一声惊叫，醒来了。

黑暗已经让位给一个寒冷、阴暗的黎明。她那两条一点没盖什么的腿冻得冷到骨髓里，她又听到她身旁那泥醉的妈妈均匀的鼻息。

她就这样躺了好一段时间，觉得身体很不舒服，很难过，不过比夜里好些。

她母亲终于醒了。

“丽莎!”她叫道。

“唉,妈妈,”她没力气地回答。

“弄杯茶给我,好吗?”

“我不能动,妈,我病着。”

“噢!”肯普太太惊异地说。再朝她看看,“唷,你怎么啦?怎么,你面孔通红,额角上——烫得厉害!你怎么啦,我的女儿?”

“我不知道,”丽莎说。“我整夜难过得不得了,总当要死了。”

“我懂了,”肯普太太摇摇头说,“问题是你没喝惯酒,所以喝了一点自然吃不消了。瞧我,我这生龙活虎的样子。相信我的话,忌酒没有好处,这回就给你点颜色看。”

肯普太太把这看作是上帝的惩罚。

她站起身来,配了些冲水的威士忌。

“喏,喝这个,”她说,“碰到夜里喝得多了一点的时候,最好是第二天早上再喝一点醒醒酒。这有魔术般的效力。”

“拿开,”丽莎说,厌恶地掉转头;“我闻到这气味就难过。我永世也不再碰烈酒。”

“啊,我们一生中有时候都这么说,不过我们喝还是喝,而且非喝不可。啊呀,我这艰难辛苦的一生——”这里无需去重复肯普太太重复的话。

丽莎整天没有起床。

汤姆来看望她,知道她病得厉害。丽莎哀伤地问,有没有别人来看过她,她母亲对她说“没有”,她听了微微叹息。但是她感觉很难过，对任何事情都不想多费心思。

到渐近夜晚的时候，寒热又上升了，她的头痛也更加厉害。她母亲上床来，很快就睡着了，由丽莎一个人去忍受苦难。

直到清晨六点钟左右，她终究再也忍受不住了，一阵分娩的阵痛使她尖声急叫起来，惊醒了她母亲。

肯普太太吓得不知所措。她赶上楼去，叫醒了住在她们楼上的那个女人。这位善良的老太太毫不犹豫，穿上一条裙子，就下楼来了。

"她小产了，"她看了看丽莎说。"你能叫个人到医院去请医生吗？"

"不，这个时候我找谁去呢？"

"好吧，我叫我老头儿去跑一趟。"

她叫了她丈夫，差他去了。她是个结实的中年妇女，浓眉大眼，臂膀粗粗的。她叫霍奇斯太太。

"幸亏你来找了我，"她坐定下来后说。"我在外面当看护，所以这些我都懂。"

"不过，你使我大吃一惊，"肯普太太说，"我一点不知道她有身子了。她从没有对我讲起过。"

"你可知道是谁跟她有了的？"

"你问的问题我一无所知，"肯普太太答道。"不过，我现在想想，一定是汤姆。他常和丽莎在一起。他是单身汉，所以他们可以结婚——倒还好。"

"不是汤姆，"丽莎微弱的声音说。

"不是他，那么是谁呢？"

丽莎不答话。

“嗯?”她妈重复问,“是谁呢?”

丽莎一动不动躺在那儿,不吭一声。

“别管它,肯普太太,”霍奇斯太太说,“现在不要去烦扰她。等她好一点,你什么都会弄明白的。”

这两个女人默默地坐着,等待医生到来。丽莎气喘吁吁地躺着,两只眼睛空望着墙上。有时候吉姆在她心头闪过,她张开嘴巴想要叫唤他,但在绝望之中又没有叫出声来。

医生来了。

“你看她情况严重吗,医生?”霍奇斯太太问。

“恐怕很严重,”他回答。“我晚上再来。”

“啊,医生,”他要走的时候,肯普太太对他说,“你能给我些治风湿的药吗?我的风湿要我的命,现在冷天,我简直不知怎么过。另外,医生,你能给我些牛肉汁吗?我丈夫死了,我女儿病成这样子,我当然没法出去干活,所以我们实在短缺——”

白天过去了,晚上,霍奇斯太太忙了一天自己的家务,又下楼来了。肯普太太在床上睡着。

“我正在稍微打个瞌睡,”她醒来对霍奇斯太太说。

“你女儿怎么样?”那个太太问。

“哦,”肯普太太回答,“我的风湿发得那么厉害,我痛得简直毫无办法,而现在丽莎又不能替我擦药,那就更糟。真不巧,正在我需要照顾自己的时候,她生病了。不过,这也是我自己运气不好!”

霍奇斯太太走到丽莎跟前看看她。她就像早上离开她时候一样地躺着,两颊通红,嘴巴张着喘气,额头上尽是一颗颗小小的汗珠。

“你怎么样，宝贝？”霍奇斯太太问，但是丽莎没有回答。

“我看她没有知觉了，”肯普太太说。“我再三问她是谁跟她搞了的，可她似乎听不见我说的话。这件事对我的震动可大呀，霍奇斯太太。”

“我相信你，”那个太太同情地说。

“唉，当你来对我说这是怎么回事的时候，你只要拿根羽毛准能把我拨倒。我原来对这事情像死人一样，一无所知。”

“我一看就知道是这么回事了，”霍奇斯太太点点头说。

“是呀，你当然懂得。我想你在这方面有丰富的工作经验。”

“你说得对，肯普太太，你说得对。我做这工作，到现在快有二十年了，不懂也该懂了。”

“你觉得这行当收入不错吧？”

“嗯，肯普太太，总的说来，我觉得还可以。我一般是收费五先令，我该说，我做的工作，要这一点不算太多。”

丽莎害病的消息很快传布开去了，于是一天里面邻人来看望她的不止一个两个。

此刻有人敲门，霍奇斯太太去开了门。

汤姆站在门口，要求进来。

“好，你进来，”肯普太太说。

他蹑手蹑脚地走过来，默默站在那儿望着丽莎。霍奇斯太太在他旁边。

“我可以对她说话吗？”他轻声说。

“她听不见你。”

他叹息了一声。

“你看她会好吗?”他问。

霍奇斯太太耸耸肩膀。

“我不敢说,”她谨慎地说。

汤姆俯下身子,涨红了脸,吻了她一下;然后没再说一句话,就离开了这屋子。

“那就是追求她的那个小伙子,”肯普太太说,用大拇指指着她背后离去的汤姆。

不多一刻,医生来了。

“你看她怎么样,医生?”霍奇斯太太以催生婆和看护的身份神气十足地匆忙上前,问他。

“恐怕情况很不好。”

“你看她会死吗?”她压低声音在他耳朵边问。

“靠不住!”

医生在丽莎旁边坐下的时候,霍奇斯太太转身对肯普太太有所暗示地点点头,肯普太太用手帕擦眼睛。

然后霍奇斯太太走出屋子,来到在门口等待着的一些人跟前。

“医生怎么说?”他们问,其中有汤姆。

“他说的就是我早就说的,我早知道她活不成了。”

汤姆突然放声大叫,“啊,丽莎!”

霍奇斯太太回进屋里,有个女人评论说——

“我认为霍奇斯太太实在聪明。”

“是啊,”另一个女人评论说,“上一回她给我催生,简直高明极了。如果要我作选择的话,我宁可要霍奇斯太太,而不要四十个医生。”

“老实说,我也宁可要她。我从来没有听到她出过毛病。”

霍奇斯太太在肯普太太旁边坐下,开始安慰她。

“你为什么不喝一点白兰地镇定镇定神经呢,肯普太太?”她说;“你需要喝一点。”

“我真有点要昏过去了,不禁想喝两便士威士忌提提神。”

“不,肯普太太,”霍奇斯太太把手按在这个太太的臂膀上,认真地说。“你听我的话——你觉得不舒服的时候,白兰地最能使你振作起来。我自己并不反对威士忌,不过当药吃的话,却远不如白兰地。”

“我不会以为自己比你在行,霍奇斯太太;你认为怎样对,我都照着做。”

碰巧家里有点白兰地,肯普太太就倒出来给她自己和她的朋友喝。

“我出外工作的时候,是习惯不喝酒的,”她表示抱歉,“不过,为了陪陪你,喝一口也可以。”

“祝你健康,霍奇斯太太。”

“你也健康,谢谢你,肯普太太。”

丽莎一动不动地躺着,呼吸很微弱,眼睛闭着。医生一直把指头按在她脉搏上。

“我最近运气非常不好,”霍奇斯太太舔舔嘴唇说,“这是我这十天里碰到的第二个要死的人——我是指女人;当然婴孩不算在内。”

“是吗?”

“还有一个死掉的——不过，那是个妓女，所以无所谓。这同其他女人不一样，是不是？”

“不一样，你说得对。”

“然而我们总不希望她们死掉，即使是妓女。我们决不能对她们太冷酷。”

“我发现你良心真好，霍奇斯太太，”肯普太太说。

“我的心是好；我常说，我要是没有这颗良心，还好心安理得地多做点生意哩。我什么都得承担，的确，但是我可以自己夸口说一句，我总干得叫人满意，这可不是干我们这一行的人都能说得的。”

她们喝了一会白兰地。

“这种事情会发生，真是对我沉重的折磨，”肯普太太说，话头讲到了她苦恼已久的问题上。

“我们家一向很体面的；从没有出过这种事。不，霍奇斯太太，我是在教堂里合法地结婚的，我现在还拿得出结婚证书来给你看，而在我的女儿中间会有一个出这样的毛病——唉，我没法理解。我给她受过好好的教育，她又有一切家庭的安乐。她什么也不缺少。我做死做活给她吃得好，穿得好，而她竟做出这样丢人的事来！”

“我懂得你的意思，肯普太太。”

“我可以告诉你，我的家庭是很体面的；我丈夫，他一星期挣二十五先令，而且在同一个地方做了十七年；他的老板还在他棺材上安上了一个漂亮的花圈；他们对我说，他们从来不曾有过像他这样好的工人、这样老实的人。

“而我呢！唉，我可以这样说——我对这个姑娘是尽到了我的责任，我从没有教坏她什么。当然我的境况并不一直是你们所说的那样兴旺，可是我始终给她做出好榜样。要不是她现在不会开口，你可以自己问她。”

肯普太太停顿下来，思考了一会儿。

“《圣经》上说的，”她末了说，“带着灰白的头发含悲埋在地下是足够的了。① 我现在还可以拿出结婚证书给你看。当然她病很重，我不能多说什么，然而如果她好了的话，我要好好训她一顿。”

又有人敲门。

“去看看是谁；我不能动，由于我的风湿。”

霍奇斯太太去开了门。来的是吉姆。

他脸色惨白异常，他的漆黑的头发与胡子和他死人般苍白的脸，相映之下显得阴森可怕。霍奇斯太太后退了一步。

“他是谁？”她转身问肯普太太。

吉姆把她推开，直走到床前。

“医生，她很不好吗？”他问。

医生疑惑地朝他看看。

吉姆低声说，“是我跟她有了的。她不会死吧，会不会死？”

医生点点头。

“啊，上帝！教我怎么办？这是我的罪过！我但愿一死！”

吉姆双手捧住姑娘的头，眼泪直淌下来。

“她还没有死吧？”

“她还有口气，”医生说。

吉姆俯下身子。

---

① 语出《圣经·创世记》第42章38节和第44章29节。

“丽莎,丽莎,对我说话呀！丽莎,你饶恕我！哦,对我说话呀！”

他的声音十分凄惨。

医生说——

“她听不见你。”

“哦,她一定得听见我！丽莎！丽莎！”

他在她床前跪倒了下来。

他们全都默不作声:丽莎更沉静地躺着,呼吸微弱得胸口也不动,吉姆悲痛万分地端详着她;医生沉重地把手指按在她脉搏上。那两个女人望着吉姆。

“想不到是他!”肯普太太说。“我觉得也是运气,他多英俊!”

“你给她保了险吗,肯普太太?”那催生婆问。她再也受不了这沉默了。

“这还用问我!”这位好太太说。“她一生下来,我就给她保好险了。是啊,前几天我还在想,这种钱都是白费的,可你瞧,并不白费;一个人的命运自己也不知道!”

“对呀,肯普太太;我特别相信保险。保险是大好事。我给我所有的孩子都保上险。”

“我是这样想的,”肯普太太说,“不管他们活着的时候你怎样对待他们——我们都知道,孩子有时候是非常讨厌的——但是他们死了,丧葬必须给他们好好办。这是我的格言,我一直都遵守的。”

“你交托给史蒂曼先生办的吗?”霍奇斯太太问。

“不,霍奇斯太太,丧葬的事我每次都找福特利先生。在这个行业中,他是首屈一指,别人都望尘莫及的!”

“咦,这可真奇怪——你的想法和我正好完全一样。福特利先生活儿做得好，收费又公道。我真正是他的老主顾了，他总给我最便宜的价钱。”

“真的吗！那末，霍奇斯太太，如果他对你不会敲竹杠的话，我想麻烦你，请你去跟他安排一下丽莎的事。”

“好哇，没问题，肯普太太。只要我能够，我总是乐于帮人做好事的。”

“我要把这事情办得很体面，”肯普太太说。“我为女儿办丧葬，决不吝啬，你知道，我要排场，虽然那是有点多余的。”

“不用担心，肯普太太，我一定使它办得像给我自己丈夫办丧葬一样，我话都说完了。

“福特利先生很看得起我，的确！就在几天前，我到他店里去，他说，‘霍奇斯太太，早上好。’我说，‘福特利先生，早上好。’

“‘你来得正好，’他说。‘这位先生和我，’他指着站在旁边的另一位先生，‘我们正在争论一个问题。喏，你是个有见识的女人，霍奇斯太太，而且又是我的老主顾。’

“‘这倒可以自己称得，’我说，‘我有生意总是尽量拉来给你做的。’

“‘我相信你是的，’他说。‘喂，’他说，‘现在请你说说看：

“‘棺材的材料是栎木比榆木好呢，还是榆木比栎木好？栎木还是榆木，就是这么个问题。’

“‘哦，福特利先生，’我说，‘我个人的意见，如果你在棺材面上中央用黄铜镶嵌，两头各装黄铜把儿，那就没有比栎木更好的了。’

“‘对啊，’他说，‘这就是我的想法。讲到棺材，最好永远给我栎木的，而且我希望，’他说，‘到上帝想到要召我回到他身边的时

候，我自己将被放进一口栎木的棺材。’

“‘阿门，’我说。”

“我喜欢栎木，”肯普太太说。“我那可怜的丈夫，他用的就是栎木棺材。我们放他进去可费劲哪，我可以告诉你，你知道，他有水肿病，周身浮肿——啊，肿得不得了，肿得他亲娘也认不得他。呃，他的腿肿得同他身体一样粗，一点不假。”

“当真！”霍奇斯太太叫起来。

“是的，他一死，棺材送来了。当时我还没有跟福特利先生有往来关系。那个时候我们不住在这里，我们住在巴特西，所有丧葬的事情都由布朗宁先生办。就这样，布朗宁先生把棺材送来了，我们把我的老头儿放了进去，可是我们盖不上盖子，他肿得太厉害了。

“正好布朗宁先生又高又大，足足有一百八九十磅。他站到了棺材盖上，他带来的一个小伙子也站了上去，但盖子就是盖不下去。于是布朗宁先生说——

“‘跳上来，太太，’他说；我穿着寡妇的丧服，你知道，可是我们总得把盖子盖上，所以我也站了上去，我们大家一起跳，这才终于盖好，旋上螺钉。不过，天哪，我们可费劲哪；我永远忘不了。”

接着，一片寂静。空气沉重得仿佛充塞着灰色的瘟疫，阴冷而令人窒息；这沉重的就是死亡。他们感觉到它来到了这屋子里，他们不敢动，他们不敢透气。寂静使人毛骨悚然。

突然响起一个声音——一阵大声的哮吼。它从床上发出来，震动整个房间，打破了沉寂。

医生揭开丽莎的一只眼睛，碰碰它，然后把他一直握着的她那只手按在她胸口上,拉起床单,遮没了她的头。

吉姆脸上带着极度疲惫的神色转身离去。两个女人开始悄悄地呜咽起来。

黑暗在黎明前渐渐消散,一道熹微的灰白光芒从窗口投射进来。灯火毕毕剥剥爆响着熄灭了。

图书在版编目(CIP)数据

兰贝斯的丽莎/(英)毛姆(Maugham, W. S.)著;俞亢咏译.
—上海:上海译文出版社,2016.1(2022.9重印)
(毛姆文集)
书名原文:Liza of Lambeth
ISBN 978-7-5327-7069-4

Ⅰ.①兰… Ⅱ.①毛… ②俞… Ⅲ.①长篇小说—英
国—现代 Ⅳ.①I561.45

中国版本图书馆CIP数据核字(2015)第221739号

W. Somerset Maugham
Liza of Lambeth

兰贝斯的丽莎
〔英〕毛 姆/著 俞亢咏/译
责任编辑/冯 涛 装帧设计/张志全工作室

上海译文出版社有限公司出版、发行
网址:www.yiwen.com.cn
201101 上海市闵行区号景路159弄B座
浙江新华数码印务有限公司印刷

开本850×1168 1/32 印张4.5 插页6 字数64,000
2016年1月第1版 2022年9月第3次印刷
印数:6,501—8,000册

ISBN 978-7-5327-7069-4/I·4281
定价:38.00元